KB095028

20대를 마무리하는 이 시점
저의 생각들을 정리한 글입니다.
같은 결을 가진 분들에게
조금이나마 위안이 되길 바랍니다.

누구나 겪었을 20대 끝자락에 서서

장도영 지음

좋은땅

서문

이제 곧 30을 앞두고 있다. 나이를 먹어가는 것이 싫지는 않지만 왠지 모르게 기분이 이상하다고 표현을 해야 할까? 알 수 없는 감정이 몰아치는 듯하다.

20대 초반에는 모든 게 다 새로웠고 앞날이 두려웠지만 기대가 됐다. 20대 중반에는 '앞으로 어떻게 먹고 살아가야 하지?'라는 고민이 컸고, 20대 후반에는 내가 지금 잘 살아가고 있는지에 대한 의문이 들었다.

그리고 20대 끝자락에 서있는 지금, 시간이 빠르게 지나가고 있다는 것을 몸소 체감하고 있다.

먹는 것을 조절하기 시작했고 운동을 하지 않으면 컨디션이 떨어지는 것을 느낀다. 부모님의 뒷모습은 점점 작아지는 듯하고, 좋은 일이 생겨도 무척 기쁘지도 나쁜 일이 벌어져도 크게 흔들리지 않는 상태.

나도 아직 세상에 대해 잘 알지 못하고 어떤 삶을 살아가야 할지 찾아가고 있지만 지금 이 시점, 나의 생각들을 정리하고 싶기도 했고 '누군가에게는 작은 위안이 되지 않을까?'라는 마음이 들어 이 글들을 쓰게 됐다.

조금이나마 "나도 이런 생각해 본 적 있었는데, 나만 이렇게 살아가는 건 아니구나"라는 공감을 줄 수 있는 이야기가 되길 소망한다.

안녕 20대.
안녕 30대,

20대 끝자락에 서있는 혹은 이제 맞이할 이들에게 쓰는 작은 편지

장도영

차례

2부　사랑 참 어렵다
♥ 사랑에 대하여

3부 평범한 일상 속
📅 하루에 대하여

4부   20대 그리고 경제관념

돈에 대하여

1부

인생이란 뭘까?

인생에 대하여

"나도 같은 고민을 한다네"

문득 그럴 때가 있다. '나 지금 잘 살아가고 있는 게 맞나?' 싶은 시기. 나름 내 밥벌이는 하고 있고 삶의 안정감도 많이 생겼는데 어딘가 비어있는 기분을 왜 자꾸만 느끼는 걸까?

그러다 어떤 어르신과 우연찮게 대화할 기회가 생겼다. 내 얼굴을 가만히 보시더니 "저기 자네 무슨 고민 있나?"라고 물으셨다. "고민은 아니고요 그냥 자꾸만 제 인생에 대한 의문이 들어서요. 잘 살고 있는 게 맞는 건가 싶고…"

"어떻게 받아들일진 모르겠지만 한마디만 하겠네. 자네가 하는 그 고민을 지금 내 나이가 되어서도 똑같이 하고 있다네 무슨 말인지 이해했나?"

그 말을 듣곤 더 이상 뭐라 답변을 할 수가 없었다. 난 나만 이렇게 공허한 감정을 많이 느끼며 살아가는 것 같았는데… 인생을 어느 정도 사신 어르신께서도 같은 감정을 느끼고 고민을 하신다니.

어쩌면 당연하게 하는 생각과 느끼는 감정들을 너무 '과대해석'을 하려고 했던 것은 아니었는지 되돌아보게 된다. 우리는 삶을 살아가며 여러 이유 때문에 불안과 두려움이 밀려올 때가 있다.

나 자신에 대한 확신이 점점 없어지고 내 인생에 대한 불확실성 때문에 스스로를 구렁텅이로 빠트리려고 한다. 한 가지만 기억하자. '내가 하는 고민들이 누구나 하며 살아가는 것일 수도 있다는 것'을 말이다.

별 볼 일 없는 사람

그런 시기가 있다. 내가 지금까지 살아온 삶이 아무 의미가 없는 것일까? 나는 그저 별 볼 일 없는 사람인 건가? 싶을 때. 이유는 각자의 사정이 다르겠지만 느끼는 부정적인 감정과 불안하고 두려움이 다가오는 심리는 같을 것이다.

'도대체 왜 그런 것일까?'에 대해 깊게 생각해봤다. 마치 누가 내 옷을 다 벗긴 것처럼 수치스러웠지만 그래도 회피하지 않았다. 여러 원인이 있었는데 가장 크다고 여겨졌던 것은 바로 '타인과의 비교' 때문이었다.

"몇 살까지는 어디에 취업을 해야 하고 돈을 모으고 이것을 가지고 있어야 해요. 그렇게 살아야 미래가 안정되고 편해요"라는 문장이 마치 내 머릿속 깊은 틀에 박혀있는 듯하다고 할까.

비교 대상이 없다면 사실 '무엇이 더 좋고 나쁘다는 기준' 자체가 없어질 텐데. 언제부터인가 강박에 사로잡힌 증세를 보이고 있었던 것.

우리는 저마다의 개성대로 살아가기 마련이기에 굳이 '타인의 기준점'을 나에게 대입할 필요가 없다. 그럴 시간에 지금 나는 어떠한지, 내가 그려가는 미래의 삶은 어떤 모습인지, 그래서 난 지금 무엇을 하고 있는지란 주제로 사색을 하거나 그에 맞는 움직임을 보이는 것이 더 자신을 위한 행위일 것이다.

어느 정도는 괜찮지만 너무 과하게 타인의 시선으로 나를 바라보지 말자, 내 삶의 주인은 나고 나는 그저 내가 원하는 대로 방향과 속도를 정해서 인생을 그려나가면 되는 것이다. 애초부터 '이렇게 살아야 하고 저렇게 살아야 된다'라는 기준점은 존재

할 수가 없다.

마지막으로 해주고 싶은 말은 우리는 이미 존재 자체만으로도 가치가 있다는 것이다. 생명보다 더 소중한 것이 또 어디 있단 말인가? 이제는 비교를 해 스스로를 갉아먹지 말고 나를 먼저 알고 나의 길을 걸어가자.

왜 불안할까?

가끔 이유 모를 불안이 나를 덮칠 것만 같은 심리 상태를 느낄 때가 있다. 숨을 쉬는 것이 답답하고 머리가 지끈거린다고 해야 하나.

자주는 아니라서 별 신경을 쓰진 않았지만 문득 궁금했다.

'도대체 왜 그런 감정을 느끼는 거지?'

꼬리에 꼬리를 물고 생각했다. 아니 집요하게 파고들었다는 표현이 더 맞을 수도 있겠다.

결과적으론 '현재 스스로에 대한 모습을 만족하지 못한다'라는 문장이 떠올랐다.

사실 이미 많은 것을 이뤘을 수도 있지만 너무 나를 질책하며 욕심을 부리고 있는 것이지 않을까?

꼭 내가 무엇이 되어야 하고 이뤄야만 가치 있는 사람이 되는 것이 아닐 텐데, 그리고 꼭 가치 있는 사람이 되어야 할 이유 또한 없을 텐데.

그저 하루하루를 살아가는 자체만으로도 이미 소중한 존재라는 사실을 우린 자주 잊고 살아가는 듯하다.

지금의 나, 현재의 나를 자꾸 마주하려고 하다 보면 자연스레 불안한 증세는 없어질 것이라 생각한다.

'있는 그대로의 내 모습도, 괜찮다'

선택의 기로

누군가 내게 "도영씨는 삶을 살아가며 가장 중요한 것이 무엇이라고 생각하세요?"라고 묻는다면, 나는 '여러 가지가 있겠지만 그중 '매 순간의 선택'이 가장 중요하다고 생각해요'라고 답할 것이다.

요즘 들어 고민이 많다. 일적인 부분인데, 두 가지의 방식을 놓고 어디로 방향을 정해 몰두를 해나가야 할지 나 스스로에게 계속 묻고 답하더라도 도통 결론이 나질 않는다.

물론 지금처럼 수입 구조를 최대치로 올려 놓은 상황에서 내가 하고 싶은 일을 만들어가는 것도 좋지만 인생을 바꿀만한 무엇인가를 시도해보고 싶다는 욕망 또한 속에서 들끓고 있다.

이뿐만 아니라 살아가면서 건강, 인간관계, 사랑 등 다양한 부분에서도 매번 좋은 선택을 하기 위해 많은 에너지가 투입되고 있는 듯하다.

며칠 동안 고민이 지속되길래 답답한 마음을 나누고 싶어 어머니에게 전화를 했다.

'어머니 제가 지금 선택을 해야 될 것 같은데 두 가지의 장단점을 적어 쭉 나열해봤는데도 결정을 내리기가 쉽지가 않네요. 그냥 털어놓고 싶어 전화했어요.'

어머니는 그 말을 듣곤 말이 없으시더니 이내 "도영아 엄마가 해줄 수 있는 말은 '그 어떤 선택도 틀리지 않다는 것'이야. 물론 최고의 결정을 내리면 좋겠지만 인생에는 항상 좋은 일과 나쁜 일이 번갈아가며 일어나거든. 나는 네가 무엇을 하든 늘 항상 지지해."

과거 이런 글을 봤었던 듯하다. '최고의 선택을 하기란 어렵지만 내가 한 결정을 후회하지 않게 만들 수는 있다'라고. 조금은 내려놓고 전체를 보는 시야를 키우려 노력해야겠다.

'최고의 선택도 좋지만, 최선을 다하는 마음도 중요하다'

그냥, 그럴 때 있잖아요

요즘 들어 부쩍 느끼는 것이 있다. '사람의 욕심은 끝이 없는 게 맞기도 하구나'라고.

그동안 열심히 파이프라인을 만들어서 그런지 생각했던 것보다 많은 수입이 들어오고 있다. 일 제안도 계속 받고 있는데 기쁨도 잠시 조금은 '무섭다'라는 기분을 느낀다.

너무 일이 잘 풀리면 오히려 불안감을 느낀다고 했던가, 아무튼 만족할 법도 한데 계속해서 더 많은 것을 추구하려고 하는 내 모습을 볼 때면 '너 왜 그래 도영아'라는 말이 나온다.

그래도 다행인 것은 지금의 내가 어떤 상태인지 알고 스스로를 컨트롤 해나가고자 하는 '태도'를 갖추고 있다. 건강이 최우선이라는 메시지를 잊지 않기 위해 노력하기도 한다.

어찌 보면 목표로 잡았던 순간의 일부분을 조금은 경험하고 있다고 보이기도 하지만 '어딘가가 비어있다는 감정을 겪고 있다고나 할까' 그래도 항상 감사한 마음을 갖고 있다.

열심히 살아가는 하루, 각자의 삶을 잘 영위하고 있는 가족들, 평범하지만 큰 탈 없는 인간관계, 안정되고 만족스러운 경제적 상황과 커리어 측면, 그리고 건강한 마음과 신체까지.

행복할 것 투성이지만 '그래도 무엇인가 부족하다는 기분을 계속해서 느끼는 것은 어쩌면 우리 삶의 일부분'이지 않을까? 완벽하길 바라지만 완벽할 수 없는 것이 바로 진짜 내 모습이지 않을까?

이제는 크게 생각하지 않으려 한다. 그저 '그냥, 그럴 때 있잖아요'라고 가볍게 생각하고 넘기는 게 나을 듯하다.

'누구에게나 찾아올 수 있는 것일 테니'

자신을 지켜주세요

누군가 내게 물었다. "도영씨는 삶에서 가장 중요하게 생각하는 것이 있다면 무엇일까요?"

나는 답했다. '음… 많이 고민해봤는데 '정신과 마음 그리고 신체의 건강'이요. 과거엔 무엇인가가 되거나 이루고 싶은 마음이 컸는데 여러 일을 겪고 나니 바라보는 지향점이 바뀌었네요'

내가 아픔을 직접 겪어보고 가까운 이가 힘들어하는 모습을 보니 우리는 어떤 상황에 놓였을 때 '괜찮은 척 하지만 사실 괜찮지 않았던 것이다'

아프면 아프다, 미우면 밉다, 힘들면 힘들다, 하기 싫으면 하기 싫다, 고통스러우면 고통스럽다 등 있는 그대로 나의 감정을 솔직하게 표현을 해야 하는데 그렇지 못했던 것이다.

그때 문득 그런 생각이 들었다. '아, 우리는 티를 내지 않을 뿐 다들 각자만의 마음의 병을 앓고 살아갈 수도 있겠다'라고.

온갖 부정의 기운이 쏟아지는 그 시기, 자기 자신을 좋지 않은 쪽으로 망가뜨리지 않았으면 한다. 누군가 내게 상처를 줄 수도 있는 것처럼 나는 '나 자신을 지킬 수 있는 권리'가 있다.

그 어떤 말로도 위로가 되지 않겠지만 당신은 절대 혼자가 아니다. 그리고 살아있는 자체만으로도 이미 소중한 존재라는 것을 잊지 않았으면.

'부디, 그 어떤 상황과 환경 속에서도 자신을 지킬 수 있길 소망한다'

어떻게 살 것인가?

언제부터인가 과도한 정보량으로 인한 어지러움을 느끼곤 한다. 코로나19가 시작되고 나서 더 그렇지 않나 싶다.

요즘 들어 세상이 정말 빠르게 변화하고 있다는 것을 체감한다. 거리를 걷다 주위를 둘러보면 모두 핸드폰을 들고 있는 것은 기본이고 영화에서만 볼 법한 일들과 것들이 마구 쏟아진다고나 할까?

분명 편리해지는 것도 맞고 새로움을 느끼지만 가끔 무서울 때가 있다. 때론 '옛 것이 더 좋을 때가 있으니' 그러다 최근 영상을 하나 봤는데 거기서 말하는 메시지는 이거였다.

"앞으로 세상은 점점 더 빠르게 변화를 할 것이고 상상했던 일들이 눈앞에 펼쳐질 것입니다. 사람이 하는 일은 줄 것이고 기계와 로봇이 대체하는 상황도 마주하게 되겠죠. 이 시대를 살아가고 있는 우리에게 가장 중요한 것은 다른 이들의 길을 따라가려고 하는 것이 아닌 '자기 자신 안에 있는 것이 무엇인지 찾고 정말로 원하는 것을 해나가는 자세'가 필요합니다. 그저 현실에 맞춰서만 살게 되면 언젠가 도태되고 말 것입니다"

영상이 끝난 후 한동안 생각에 잠겼다. '지금까지 나는 어떤 삶을 살아왔고, 앞으로는 어떻게 살아갈 것인가?'에 대한 질문을 스스로에게 지속적으로 던졌다.

다른 건 모르겠지만, 두 가지의 문장이 머릿속으로 정리가 됐다. '첫 번째는 그 누구도 대체할 수 없는 나만의 '무엇'인가를 만들어나가야 되겠다라는 것, 두 번째는 죽기 전 나는 무엇을 남기고 세상을 떠날 것인가'

먹고사는 문제로 생각할 겨를이 없을 수도 있으나 한 번쯤이라도 진지하게 그리고 깊게 '나는 어떻게 살 것인가?'라는 질문을 스스로에게 해야 한다.

'때로 생각의 힘은 그 어떤 것보다 큰 힘을 가지니'

관찰자아
(Observing ego)

두 번째 책을 집필하며 가장 기억에 남는 글귀 중 하나가 '공허함'이라는 주제로 썼던 글이다. "어쩌면 공허함이란 것은 우리가 회피해야 할 감정이 아니라 공존해야 할 것인지도 모르겠다"

어떤 영상을 우연찮게 보게 됐는데 주제가 '공허함'이었다. 우리가 이 감정을 느끼는 이유는 크게 2가지로 나뉜다고 했는데, 첫 번째는 '현재 내 삶에서 '무엇'인가가 해소되지 않았기 때문에 불안함을 느껴서' 두 번째는 '또 다른 것에 대한 성장을 향한 욕구'라고 했다.

신호가 언제 찾아올지는 각자 다르다고 했는데 이 시기를 잘 활용해서 더 나은 삶을 살아가야 한다고 메시지를 전했다.

"그러기 위해선 '관찰자아(Observing ego)'라는 것이 필요해요. 평소에 내가 어떤 생각을 하고 예를 들면 인터넷 검색이나 유튜브를 시청할 때 주로 어떤 주제에 대한 것을 찾아보는지를 기록해 나만의 데이터를 차곡히 정리해 나가는 것이 중요하죠. AI가 똑똑할지라도 나에 대해서 가장 잘 아는 것이 바로 나 자신이랍니다"

말하는 이가 전하고자 했던 것은 누구나 공허함을 느끼게 되지만 이 때를 좋지 않게 받아들이는 것이 아닌 '새로운 기회가 찾아왔구나, 내가 변화할 때가 됐구나'라고 인지를 해야 한다는 것이었다.

그저 난 공허함을 감정으로써만 해석을 했지만, 이 영상에선 '내가 더 발전할 수 있는 신호'라는 관점을 알려줘 신선했다.

우리는 가끔 타인의 시선에 맞춰 세상을 바라보고 삶을 살아가는 경향이 있다. 여기서 다른 것보다 가장 좋았던 말은 '나에 대해서 가장 잘 아는 것은 바로 나 자신'이라는 것.

그만큼 우리는 '나 자신에 대해서 더 잘 알기 위해 노력해야 한

다는 뜻이지 않을까?'

묵묵히 살아내주서서 감사합니다

"도영씨, 도영씨는 본인 스스로도 좋지만 주위 사람에게 꼭 듣고 싶은 말이 있다면 무엇일까요?"

'음… 조금 어려운 질문이긴 한데 만약 꼭 듣고 싶은 말이 있다면 전, '지금도 충분히 잘 살아가고 있고 넌 존재 자체만으로도 소중한 사람이야'라는 말?'

'사실 지금은 노력 끝에 고치고 좋아졌지만 과거에는 타인과 비교도 많이 하고 제가 이룬 것들이 쉽지 않은 것임에도 불구하고 스스로 만족하지 못해 더 '무엇'인가를 갈망했거든요'

'그래서 '굳이 애쓰지 않고 살아도 된다'는 말을 듣고 싶은 것 같아요'

요즘 세상은 점점 편리한 것들로 넘쳐나고 있다. 하지만 숙면을 취하지 못하고 잠 못 이루는 밤이 많아지거나, 일상과 관계에서 오는 스트레스를 견디지 못해 발병하는 각종 정신질환을 앓는 사람들이 많아지고 있다. 참 아이러니한 상황.

나도 경험했었기에 말해주고 싶다. 타인과 비교하지 말고, 지금도 충분히 잘 살아가고 있고, 당신은 그저 존재 자체만으로도 너무나 귀한 사람이라고.

무엇인가를 이루거나 되지 않아도 되니까 유한한 시간을 최대한 자신을 위해 사용하라고.

'묵묵히 살아내주셔서 감사합니다, 끼니 거르지 마세요'

I'm not good enough

아침에 일어나서 간단한 정리를 할 때, 샤워로 하루의 시작을 인지할 때, 일하러 가는 길과 집으로 돌아올 때 틈틈이 다양한 분야의 강의를 찾아서 보거나 듣는 편이다. 독서가 주는 배움도 있지만 시간을 활용하기엔 영상이 편하다.

오늘은 외국계 기업에서 계속된 평가제도로 인한 자기 비하를 일삼은 한 여성분이 나온 강연을 봤다.

"저는 항상 'I'm not good enough'를 스스로에게 외쳤어요, 제 자신이 너무 싫었고 아무것도 할 수 없을 것 같았죠"

겉으로 봤을 때 단아한 느낌의 외적인 모습을 갖추고 있었고 남들이 부러워하는 스펙과 직업을 가진 사람이었지만, 정작 자신은 그것들에 대해 생각하지 못했다고 한다.

"아니 저 위치에 있는 사람도 저러면 도대체 어떻게 하라는 거지?"라고 댓글을 쓴 사람도 보였다.

그녀는 이후 "그래서 결국 상담을 받으러 갔는데, 제 자신을 사랑하는 법을 모른다는 결론을 주시더라고요. 나를 사랑하는 법이 어떤 것이기에 이럴까 싶었는데 담당 선생님이 해주신 말씀이 참 따뜻했어요"

"과거도 미래도 아닌 현재의 내 모습과 상태를 있는 그대로 바라보는 것부터 시작하세요, 이 부분이 가장 중요하답니다"

나도 한때는 나 자신을 죽도록 미워했던 적이 있었다. '너 이
것밖에 안 되는 놈이야? 그 정신으로 뭘 하겠어'라는 말을 나에
게 거리낌 없이 했었으니.

하지만 내가 무엇을 좋아하고 싫어하는지부터 나에 대해 묻고
답하고 쓰다 보니 어느 순간 평안한 하루들을 보내기 시작했다.
그리고 이런 말을 자주 해준다. '고생했어, 충분히 잘했어'

우리는 무엇을 이루거나 되고 싶어 하지만 정작, 자기 자신을
잘 모르거나 고통스럽게 하는 경우가 있기도 하다. 이제는 차가
운 시선을 내려놓고 조금은 따듯한 눈빛으로 스스로를 바라보는
것은 어떨까?

should be complex

평소에 존경하는 분이 하시는 프로그램을 시간이 날 때 챙겨
보고 있다. 누구나 알법한 유명인들이 나와 짧은 시간이지만 자

신의 상처를 드러내고 치유받는 과정이 미소를 짓게 만든다.

해당 화에 게스트는 여배우였는데 "저는 무엇인가를 계속해서 하지 않으면 불안해요. 어제보다 오늘 나는 더 성장했나?라고 다그치며 스스로를 옥죄고 있다는 것을 알지만 멈출 수가 없어요"라고 말했다.

이에 그분은 "그 증상을 'should be complex'라고 말해요. 자기 자신으로 살아가려고 하기보단 언제나 무엇을 해야 한다는 강박관념에 시달리곤 하죠"라는 말을 전했다.

한때 나의 모습을 말해주는 것 같아 조금 뜨끔하며 봤었던 듯하다. 그 당시에 나는 타인이 봤을 때도 인정받을만한 '무엇'인가를 하거나 해내야만 '장도영 너는 가치 있는 사람이야'라는 소리를 들을 수 있는 자격을 갖춘 사람이라고 생각했었으니.

하지만 이젠 안다. 굳이 가치 있는 사람이 되려고 애쓸 필요가 없다. 인간은 그저 존재 자체만으로도 이미 소중하기에 있는 그대로도 충분히 그 무엇보다 귀하니까.

요즘 현대인들이 가장 많이 겪는 증상이라고 하기도 하는데 아마 사회적인 분위기도 큰 영향을 끼치지 않았나 싶다. 어렵겠지만 부디 꾸준한 노력을 해서 본인이 겪는 그 증상을 긍정적인 에너지로 활용하길 바란다. 나도 변하기까지 정말 쉽지 않았다.

누구에게나 다 그런 시기가 있다

알 수 없는 불안이 몰아친다. 괜스레 다른 사람이 잘되는 것을 보고 질투를 하고 나의 모습은 왜 이렇게 작게 느껴지는 것일까.

사람을 만나는 일은 최대한 줄이게 되고 나에 대해 사소한 것부터 알아가기 시작한다. 그러곤 그동안의 일들을 되돌아보며 앞으로는 어떻게 살아가야 할지 곰곰이 생각해본다.

우리는 이럴 때를 '불안한 시기'라고 할 수 있지만 나는 이렇게 말하고 싶다. 조금 더 내가 '단단해져 갈 수 있는 시기'라고.

인생이 매번 좋은 일만 가득하고 행복한 순간만 지속된다면 우리는 '감사함'을 느낄 수 없을 것이다. 즉, 부정적인 감정을 겪어내는 시기를 거쳐야만 비로소 진짜 긍정을 맛볼 수 있다.

세상에 혼자만 남겨진 것 같은 기분을 느낄 때 이런 생각을 떠올려 봤으면 좋겠다. "아 맞아, 나만 이런 시기를 겪는 게 아니라고 하던데 너무 심각하게 생각하지 않아도 되겠다"라고.

우리가 때가 되면 밥을 먹고 잠을 자듯, 누구에게나 다 '그런 시기'가 찾아온다. 그리고 언제 그랬냐는 듯 자연스레 지나갈 것이다. 그러니 너무 힘들어하지 않길 진심으로 소망한다.

유사 피학적 성격

훗날 경제적 자유를 얻게 되는 순간 노희경 작가님의 작품 '괜찮아 사랑이야'와 같은 느낌의 따뜻한 드라마 시나리오를 쓰고 싶다는 마음을 항상 품고 있다.

그래서 그런지 평소 철학, 심리, 정신질환에 관련된 책과 영상을 찾아보는 편인데 이번엔 '유사 피학적 성격(Pseudo masochistic personality)'이란 것을 알게 됐다.

"괴로운 상황에서 스스로를 희생하면서 안정감과 행복감을 느끼는 유형인데 즉, 타인의 시선은 신경 쓰지 않지만 자기 자신이 스스로를 바라봤을 때의 모습이 그 무엇보다 중요한 사람을 뜻해요, 기준이 높은 거죠"

영상을 보다 문득 완전히 똑같다고 할 수는 없으나 과거 내게서 나왔던 특징을 말해주는 것 같은 기분을 느꼈다. 내가 만든 이미지 속에 스스로가 부합하지 않으면 극도의 스트레스를 겪곤 했다. '난 도대체 왜 이러지?'란 생각을 수도 없이 했으니.

여러 증세가 있어 고치기 힘들 수도 있었으나 세계를 여행하면서 정말 많은 치유를 받았고 가치관과 사고방식이 달라졌다. 가장 크게 깨달았던 부분은 '세상에는 참 다양한 사람들이 자기만의 개성을 갖고 살아간다는 것'이었다. 기준점이란 찾아볼 수 없었고 '무엇이 맞고 틀린 것이 아니라 그저 다르다는 것'을 이해하게 된 것.

예전엔 완벽하지 못한 내 모습을 볼 때 너무나 싫었다면 이젠 가끔 특정 상황에서 허당미를 보이는 나를 마주할 때 사람냄새가 나서 좋다고나 할까.

한 번쯤은 이 질문에 대해 생각해봤으면 한다. '과연 나는 사회가 정한 기준이란 것에 부합하지 못해 스트레스를 받고 있는지 아니면 내가 스스로 정한 틀 속에 갇혀있는 것인지를'

같은 하늘 아래 다른 삶

코끝이 시리다. 손발은 차갑고 여러 벌을 껴입어도 뚫고 들어오는 추위를 막을 수는 없는 듯하다. 그래도 뽀드득 뽀드득, 내린 하얀 눈을 밟고 있으면 왠지 모르게 기분이 좋다. '아 겨울이구나'

요즘 들어 부쩍 많이 드는 생각이 있다. '왜 우리는 같은 하늘 아래에서 살아가는데 저마다 모두 다른 삶을 살아가는 걸까?'라고.

버스를 타기 위해 줄을 서서 기다리고 있는데 옆 공원에선 갈 곳을 잃은 노숙자분들이 무료로 나눠주는 급식과 옷을 받고 행복한 웃음을 짓고 있다.

오랜만에 간 리조트와 스키장에선 사람들이 좋은 차를 타고 숙소에 머물며 값비싼 식당에서 맛난 음식을 먹는다.

느끼는 이 감정을 '이질감으로 표현해야 할지 아니면 괴리감 이라고 말해야 할지 잘 모르겠다'

분명 똑같은 세상에 태어났을 터인데 '도대체 무슨 이유'로 이 리도 다른 삶을 살아가는지 끊임없는 질문이 쏟아진다.

그러다 노숙자분들에게서도 리조트와 스키장에서 본 사람들 에게서도 순박한 미소를 짓는 표정을 보게 된다. 이런 단어를 쓰 는 게 맞는지는 모르겠지만 '삶의 질'이 달라 보여도 '행복감을 느끼는 이유와 그 크기는 비슷해 보였다는 것'이다.

어디선가 이런 말을 들었던 적이 있었다. "나는 저 사람들과 달라요. 난 절대 저렇게 살지 않을 거예요"

자세히 우리를 바라보면 사실 똑같은 시간 속에 유한한 삶을 살아가는 그저 '같은 존재'라는 것, 그러니 누가 더 '잘났고 못났 다, 좋은 삶과 나쁜 삶'이라는 것은 애초에 없는 것이지 않을까?

앞으로 나의 인생이 어떻게 흘러가든 간에 상관없이 그 '순박한 미소'를 잃지 않는 사람으로서 살아갔으면 한다.

인생은 새옹지마

가끔 시간이 날 때 사자성어를 찾아서 보는 편이다. 글자의 수는 적은데 그 뜻의 깊이는 무릎을 탁 칠 정도로 놀라울 때가 많다.

최근에 와닿았던 것은 바로 '새옹지마', 간단하게 '인생의 길흉화복은 변화가 많아서 예측하기가 어렵다는 뜻'이다. 사람마다 해석을 다르게 하는데 내가 이해하기론.

"삶을 살아가며 좋은 일과 나쁜 일이 번갈아 가면서 찾아오게 될 터인데 좋다고 과하게 기뻐하지 말고 나쁘다고 너무 낙담할 필요도 없다는 것. 좋은 일 속에 위기가 숨어있을 수도 있고 힘든 시기를 겪을 때 오히려 기회가 찾아올 수도 있다"라고 해석했다.

결과적으론 어느 상황에서도 감정의 큰 요동 없이 평정심을 지키는 것이 인생을 살아가는데 가장 중요한 덕목 중 하나라는 것.

어찌 보면 '느껴지는 감정을 온전히 느끼지 않는다'라고도 볼 수 있지만 정신건강에는 평온함을 유지하는 것만큼 좋은 것이 또 없지 않나라는 생각도 든다.

우리는 각자만의 사정을 갖고 펼쳐진 상황과 환경 속에서 삶을 영위하고 있다. 부디 요동치는 마음의 시기가 금방 지나가고 편안한 마음으로 주어진 하루를 즐겁게 살아가길 소망한다.

문득 드는 생각이지만, '인생은 예상하거나 계획한 대로 모두 되지 않기에 더 아름다운 것이지 않을까?'

어제보다 나은 오늘

어느덧 한 해가 지나간다. 시간이란 것은 느린 것 같으면서도 돌이켜보면 너무 빠르다고 느낀다. 잠시 모든 것을 멈추고 올해는 어떻게 살아왔나 떠올려본다.

계획했던 것을 이뤘나? 내가 지금 살아가는 삶에 만족하고 있나? 스스로를 칭찬해주고 싶은 것이나 반대로 다가오는 내년엔

고쳐야겠다고 생각이 드는 부분이 있는가? 후회되는 일들은 없나? 오고 가는 인연 속 용기를 더 냈더라면 하는 아쉬움이 있나? 등 여러 말들이 머릿속에서 맴돈다.

다른 건 둘째치고 건강하게 열심히 하루를 살아가고 있는 내 모습을 보니 '멋진놈'이라는 말과 함께 멋쩍은 웃음이 지어진다.

작년 이맘때쯤 불안정한 시기를 겪었다. 그때까지 그래도 나름 최선을 다하면서 여러 가지 도전을 하며 살아온 것 같은데 생각과 다른 현실과 불투명한 미래 때문에 알 수 없는 두려움이 몰아쳤다.

그때 어느 한 친구가 내게 말했다. "도영아 우린 잘 될 거야. 너무 급하게 생각하지 말고 '어제보다 나은 오늘' 이것만 기억하고 지금처럼 열심히 살아가자"라고.

다른 어떤 말보다 '어제보다 나은 오늘'이란 메시지가 따뜻한 위로로 다가왔다. 마치 지금 당장 거창한 무엇인가를 이루거나 되어야 한다는 압박 속에서 벗어나라는 이야기 같았고 '모든 것은 '하루'라는 시간들이 모여 완성된다는 것'을 알려주는 것만 같았다.

우리는 누구나 힘든 시절을 겪는다. 자신이 기대했던 이상과 다른 모습으로 삶을 살아간다면 더더욱. 그래도 묵묵하게 버티면서 어제보다 나은 오늘을 위해 노력하는 자신에게 '정말 수고했다, 고마워'라는 말을 해주는 것은 어떨까?

확실치 않아도 잘못된 건 아니다

요즘 일이 좀 많아져서 그런지 피로감이 평소보다 배가 된 느낌이다. 바쁘더라도 온전히 나만을 위한 시간을 만드는 편인데 일상에 치이다 보면 그것마저 지켜내기가 쉽지 않다.

'책을 볼 시간이 없으면 짧은 영상이나 글이라도 보자'라는 마음가짐으로 이동하는 시간이나 자기 전 찾아서 보곤 한다.

최근에 봤던 글귀 중에 인상 깊은 것이 있었다. "확실치 않아도 잘못된 게 아니죠, 그저 옳은 것으로 만들어가는 중이니까요. 당신의 결정을 믿으세요"

처음엔 그냥 '음 그렇구나' 싶었는데 계속 머릿속에서 맴돈다고 할까나. 지금은 안정이 됐지만 불과 1년 전만 해도 미래에 대한 불안감이 컸었던 나였다.

당시 '앞으로 내 삶은 어떻게 흘러갈까?'라는 궁금증이 많이 들었고 불투명한 상황들이 참 싫었다. 누구나 겪는 그저 과정일 뿐인데, 스스로 '아무것도 확실한 게 없는 건 혹여 내가 지금 잘못된 길로 가고 있는 것은 아닐까?'라고 부정적으로 받아들였던 듯하다.

무엇을 하든 처음부터 잘하는 사람은 없듯, 우리 대부분은 멋진 삶을 살아가길 꿈꾸지만 단기간에 되기란 어렵다. 그러니 그시기를 보낼 때 안 좋은 생각을 하기보단, 자신의 삶을 만들어가는 중이라고 여기는 것은 어떨까?

때론 그 무엇보다 사고의 전환이나 생각의 변화가 마음을 편하게 해주기도 하니까. '오늘도 수고하셨습니다'

결국 우리는

한창 철학과 관련된 것들을 찾아보던 시기가 있었다. 사소한 것부터 다소 어려운 질문을 스스로에게 했었다고 해야 할까.

당시 평소 존경하던 몇몇 분들을 만나게 될 때 용기 내어 물었다. '정말 궁금해서 그런데요. 우리는 살아간다고 말하는 것이 맞을까요? 아니면 점점 죽어간다고 표현하는 것이 맞을까요?'

각기 다른 답을 주셨지만 그중 기억에 남는 말씀이 있었다. "어떻게 보면 좀 어려운 질문일 수 있지만 반대로 쉽게 생각할 수도 있는 것 같네, 애초 두 가지가 다른 것이 아니라 우리는 살아가기도 하지만 점점 죽어간다는 것도 맞는 말이니까 결국은 하나지 않을까 싶어"

가끔 나 자신을 객관적으로 바라보는 연습을 하곤 한다. 그럴 때 내가 미련해 보이는 순간이 있는데 바로 '영원히 살 것처럼 생각할 때'

마음을 그렇게 갖는 것이 나쁘다고 말할 수는 없지만 언젠가는 이 세상을 떠날 것이라는 걸 인지해야 하는 게 인간의 순리이지 않을까?

결국 우리는 모두 끝을 맞이해야 하는 삶을 살아가고 있다. 어차피 피할 수 없는 일이라면, 한 번쯤은 그 사실을 받아들이고 정말 내가 원하는 삶이 무엇인지 나에게 묻고 그에 맞는 답을 토대로 주어진 하루들을 보내야 하지 않을까.

'그리고 사소한 것에 일희일비할 필요가 없지 않을까?'

언제, 행복하세요?

최근에 지인들을 만나는 경우가 많아졌다. 인연을 맺게 된 이유는 모두 다르지만 내가 좋아하는 사람들이기에 함께 시간을 보내면 기분이 업된다고나 할까.

각자의 위치에서 잘 살아가는 모습을 보면 티를 내진 않지만 내심 나 혼자 뿌듯해하곤 한다. 그러곤 같은 질문을 건넨다.

'혹시 요즘 언제 행복하다고 느끼는 것 같아?'

다들 "낯간지럽게 뭘 그런 걸 물어봐"라고 말하더니 이내 생각에 잠긴다. 쉽게 말할 수 있을 것 같았지만 막상 대답을 하려고 하니 막힌 것만 같았다.

사람마다 다르겠지만 대부분 지금보다 더 나은 삶을 살기 위해 무엇인가를 배우고 그것을 통해 노동을 하고 많은 돈을 벌길 원한다. 허나 나 자신에 대해서 구체적으로 알지 못한다면 과연 부가적인 것들이 갖춰진다 한들 '행복'이란 감정을 느끼며 살아갈 수 있을까?

꼭 행복감을 느끼며 살아갈 필요는 없으나 우리가 너무나 당연히 '무엇인가를 알아가고 배우듯' 나 자신에 대해서도 더 잘 알아가려고 하는 노력이 필요하지 않을까?

부담을 느끼지 말고 하루에 한 가지씩 어색하겠지만 자신에게 질문을 던져봤으면 한다. '오늘 뭐 먹지?'와 같은 단순하고 가벼운 것도 좋다.

그렇게 시간이 지나면 어느 순간 '나도 모르던 나를 발견할 수 있을 것이다' 천천히 조금씩 알아가면 된다.

할 수 있다고 말해주는

누군가 내게 "도영씨, 도영씨는 인생을 살면서 가장 대화를 많이 나누는 사람이 누구라고 생각하세요?"라고 묻는다면 '잘은 모르겠지만 아마 '자신'이지 않을까요?'라고 답할 듯하다.

나의 관점에선 '나'라는 존재와 가장 많은 이야기를 나누지만 그럼에도 가끔 불안과 두려움이 몰아쳐 흔들릴 때가 있다.

그런 시기를 겪고 있을 때 가까운 사람에게 "도영아 넌 늘 그래왔듯 할 수 있을 거야 내가 항상 응원할게"라는 말을 들었다.

평소 같았으면 조금은 형식적이게 고맙다고 표현을 했겠지만 그때는 왠지 모르게 큰 힘이 되어준 말이라고 할까.

삶을 영위하면서 좋은 친구 한 명만 있어도 성공했다는 글이 있는데, 나는 조금 다르게 써보고 싶다. '나를 알아주는 단 한 사람만 있어도 참 괜찮은 인생이지 않을까'라고.

혹시 주위에 "ㅇㅇ아 넌 할 수 있어, 내가 응원할게"라고 말해주는 사람이 있다면, 그 사람에게 진심을 다해 감사하다는 마음을 전했으면 한다. 참으로 소중한 인연일 테니.

그런 사람이 없어도 괜찮다. 이 글을 보고 있는 당신에게 '무엇이든지 할 수 있다'고 감히 내가 말해주고 있으니.

'그렇게 믿고 원하는 삶을 그려나가길 진심으로 소망한다'

"열정이 있을 때 능력을 키워야 해"

함께 일을 하거나 우연히 만난 어른들과 대화를 하는 것을 좋아하는 편이다. 내가 살아온 세월보다 더 오랜 시간 동안 다양한 경험을 하셨으니 말씀 속에 배울 점이 있다. 모두 괜찮은 어른이 된 것은 아니지만.

내가 물었다. '이사님, 저를 비롯해 제 또래 친구들에게 해주고 싶은 조언 같은 것이 있을까요? 아무거나 괜찮아요'

"조언이라… 사실 뭐 자기가 하고 싶은 대로 사는 게 제일 좋지 뭐. 그래도 말해주고 싶은 게 있다면 열정이 있을 때 능력을 키워야 해. 이게 무슨 말이냐면, 나이를 먹을수록 점점 열정이 떨어지기 마련이거든? 에너지가 젊을 때처럼 나오기 힘든 게 현실이니까. 근데 열심히 만들어놓은 능력은 시간이 지나도 없어지질 않아. 그러니까 열정이 있을 때 꼭 능력을 키워봐. 그래야 노년이 편해질 거야"

대화하는 자체를 즐기기 때문에 가볍게 여쭤본 것인데 의외에 말씀을 듣곤 신선한 충격을 받은 것만 같은 기분이었다.

우리가 살아갈 수 있는 시간은 유한하고, 마음은 한평생 젊게 보낼 수 있겠지만 정신과 신체적으로 쇠약해지는 것은 삶의 이치다.

"열정이 있을 때 능력을 키워야 해"라는 말은 나에게 '지금 열심히 사는 시간들이 헛되지 않을 거야'라는 말과 동일하게 들렸다.

그리고 끝으로 해주신 말씀도 좋았다.

"도영아. 처음부터 잘하는 사람은 이 세상에 아무도 없다. 그러니까 실패를 두려워하지 마. 아무것도 하지 않으면 아무 일도 일어나지 않는 거 알지? 그리고 포기하지만 않으면 돼"

행복이란 무엇일까요

과거에는 무조건 행복해야 한다는 강박관념이 있었던 듯하다. 솔직하게 말하자면 '행복이란 감정 혹은 느낌'이 무엇인지도 잘 몰랐으면서.

시간이 지나 다양한 경험을 해보고 여러 일을 직접 겪으면서 꼭 '행복하지 않아도 되는구나'라는 것을 깨달았다.

좋은 일이 생기거나 나쁜 일이 발생해도 그저 물 흐르듯 자연스레 흘러가도록 놔두고 마음의 평정심을 유지하는 것이 더 괜찮다고나 할까?

최근에 어떤 글을 봤다. 연예인 홍진경님이 남긴 말이다. "행복이란 자려고 누웠을 때 마음에 걸리는 것이 하나도 없는 것"

맞다. 대부분 더 많은 것을 손에 쥐었을 때 행복이 시작될 거라 생각하지만 마음을 비우고 편안할 때 비로소 제대로 느낄 수 있다.

끝으로 이런 메시지도 있었다. "당신이 살아가는 동안 스트레스로 자신을 망가뜨리고, 마음 이곳저곳 상처를 입히면서까지 지켜내야 할 것은 많지 않다"라고.

우리는 행복하기 위해서 '무엇'인가를 하고 있다고 하지만 정작 내 마음을 보살피기 위해 하는 '무엇'은 과연 있는가?

나를 비롯해 많은 이들이 귀한 시간을 힘들어 하면서 보내지 않았으면 한다.

'나에게 하는 말이기도 하지만 당신에게도 전하는 메시지다'

단순하게 그리고 유쾌하게

누구나 살면서 불안과 두려움이란 감정이 휘몰아칠 때가 있다. 자신의 문제든 아니면 다른 것이나 외부적인 요소 때문이든.

그럴 때마다 전체를 보지 못하고 '어떠한 생각 하나에만 빠져, 틀에서 벗어나지 못하는 경향을 보이곤 한다'

한 걸음만 뒤로 물러서서 있는 그대로 바라볼 때 사실 별일이 아님에도 불구하고 과민반응을 나타내고 있지 않나 싶다.

요즘 단순한 사고방식을 유지하려고 노력하는 중이다. 굳이 복잡하게 살아갈 필요가 없는데 괜히 스스로를 옭아매는 나의 모습이 별로였다.

영화 '인생은 아름다워' 마지막 씬에서 이런 장면이 펼쳐진다. 자신은 군인에게 처형을 당하러 가는 길임에도 숨겨놓은 아들을 바라보며 끝까지 이것이 게임이라는 것을 전하려고 하는 유쾌한 모습을 보인다. '자신의 죽음보다 아들의 남은 삶을 살아갈 기억' 을 더 소중하게 생각했으니.

비록 영화에서는 주인공이 비극을 맞았지만 그의 사고방식과 태도는 배울점이 정말 많고 큰 교훈을 주었다. 앞으로 살아가면서 여러 문제들이 발생하겠지만 단순하면서도 유쾌하게 살아가고자 한다.

'조금씩 좋게 변해가는 자신의 모습을 바라보면 삶의 질이 향상되는 것을 느낄 테니'

그러려니

"인생은 반복되는 문제와 연속된 선택으로 이뤄져 있다"

근래 봤던 것 중 가장 기억에 남는 글이다.

반복되는 문제와 연속된 선택이라… 깊게 생각하지 않았던 것을 누군가가 확인이라도 시켜준 듯한 기분을 느꼈다고나 할까.

우리는 눈을 뜨고 하루라는 시간을 살아가며 참 많은 일들을 겪는다. 좋은 일 혹은 나쁜 일, 예상했던 일 혹은 예상하지 못한 일, 원했던 일 혹은 원하지 않은 일 등 너무 많이 일어나서 과부하가 오기도 한다.

나에게 긍정적인 상황을 주는 것은 그저 좋겠지만 그와 반대되는 일을 마주할 때는 극심한 스트레스를 경험하기도 한다. 계획했던 대로 되지 않았을 때 느끼는 것과는 다른 개념이라고 해야 할까.

'평범하거나 편안하게 살고 싶을 뿐인데 그것마저 허락되지 않는 듯한…'

누군가가 그랬다. "어차피 일어날 일은 일어나게 되어있으니 미리 걱정하지 말라"라고.

한 번쯤은 이렇게 생각해봤으면 한다. 피할 수도 없고 자주 겪을 수도 있을 텐데 굳이 부정적으로 생각하고 나를 고통스럽게 한들 '나에게 남는 것은 무엇인가?'

이왕 겪어야 한다면 그냥 '그러려니 하고 넘기는 자세가 필요하지 않나 싶다'

그것들 때문에 스트레스를 받으며 힘들게 살아가기엔 유한한
삶의 시간이 너무 아깝다.

당신은 다시 돌아가겠습니까?

"도영씨, 도영씨는 자신이 가장 힘들었던 시기로 돌아가는 조
건으로 10억을 준다고 하면 다시 돌아가시겠습니까?"

음… 뜬금없었지만 한번 진지하게 생각해봤다. 일단 현실적
으로 큰 금액이기도 하고 나이가 지금보다 어려질 수 있다는 것
만으로도 돌아갈 이유는 충분했다.

허나. 내가 지금까지 했던 다양한 경험들, 쌓아온 추억들, 인
연을 맺은 사랑하는 사람들, 정신과 신체의 건강한 밸런스, 일적
인 커리어 측면에서 그려온 나의 삶이 송두리째 없어질 수도 있
다고 생각하니 무서웠다.

새로 다시 시작하는 것도 좋지만 조금은 어긋나고 부족하고
힘들었어도 내가 직접 선택해서 살아온 나의 인생이 더 소중하

게 느껴진다. 대신 다시 돌아가라고 하면 가고 싶지 않다.

돈을 얼마나 주든 떠올리고 싶지 않은 순간들이 꽤 많았으니까. 그리고 지금까지의 인생을 통틀어 지금의 내가 가장 좋기 때문에.

현실감이 떨어질 수도 있지만 스스로에게 위와 같은 질문을 던져보는 것은 어떨까?

돌아가고 싶거나 그렇지 않다면 그 이유가 무엇인지? 앞으로 같은 질문을 받아도 과감하게 "아니요"라고 대답하려면 나는 지금 당장 어떻게 살아가야 할지에 대해 깊게 생각해 볼 수 있는 기회가 될 수도 있으니까.

아무튼 나는 돈을 얼마나 준다고 해도 진심으로 돌아가고 싶지가 않다. 지금의 내가 좋고 앞으로의 내가 기대된다.

선택

"어찌 보면 매 순간의 선택이 우리의 인생을 만들어가는 것이
지 않을까?"

만나는 사람들에게 하는 질문이 있다. '있잖아 인생이 뭐라고
생각해? 삶이란 도대체 뭘까?'라고.

시답잖게 왜 그러냐는 사람도, "딱히 생각해 본 적 없는데?"라
고 말하는 사람도, 구체적으로 자신의 견해를 밝히는 경우도 있
었다.

그 답에 대한 설명을 해달라고 했다. '그렇게 생각하는 이유를
말해줄 수 있을까?'

대부분 다른 이야기들을 했지만 하나 공통적으로 같은 말을
한 것이 있었다.

바로 '선택'

"그동안 해왔던 선택들이 현재를 만들었다는 것"

지금 자신의 모습이 마음에 들든 그렇지 않든 그것을 떠나 모두 '선택'을 강조해서 말했다.

인생을 살아가며 겪는 것들이 처음인 경우가 많기 때문에 매번 후회가 없거나 아쉬움을 남기지 않는 것이 어려울 것이다.

그렇기에 '매 순간 신중해야 하고 많이 생각해야 하며 결단을 내려야 할 때는 과감해야 한다'

수많은 우여곡절을 겪겠지만 부디 당신이 좋은 선택을 하며 살아가길 진심으로 소망한다.

욕심

여러 일을 병행하다 보니 많은 사람을 만나고 있다. 저마다의 특징이 모두 다른데 요즘 내가 유심히 관찰하는 것은 바로 '욕심'이다.

기준은 사람마다 다르겠지만, 누군가는 이미 많은 것을 이루고 가졌음에도 더 이루고 가지지 못해 삶이 불행한 것처럼 시간을 보내고 누군가는 특출나게 뛰어나지 않고 물질적으로 가진 것이 많지 않지만 주어진 하루들을 편안하고 즐겁게 보낸다.

무엇이 옳고 그르다는 것을 논하고 싶은 것이 아니라 '욕심은 우리에게 좋은 것일까? 아니면 나쁜 것일까?'에 대한 궁금증이 문득 들었다고 해야 할까?

자신을 성장시키고 발전하게 만드는 욕심이라면 힘들더라도 그만한 값어치가 있다고 생각이 들지만 반대로 자기를 고통스럽게만 하고 돌아오는 것이 아무것도 없다면 내가 나를 괴롭히는 행위, 그 이상도 그 이하도 아니지 않을까?

주관적이지만 욕심이 나쁘다고 생각하진 않는다. 하지만 자신만의 '적정선'을 찾지 못한다면 스스로를 나락으로 내모는 것이지 않을까 싶다.

그 적정선을 찾기 위해선 많은 시간을 들여 자신에게 묻고 답해야 한다.

통제할 수 없는 것

평소 친분이 있던 대표님과 이동하는 차 안에서 '스트레스'에 관한 이야기를 나눴다. 스트레스를 받는 이유는 여러 가지가 있겠지만 '통제'라는 개념으로 된 말씀을 하셨다.

"도영아 사람은 보통 '통제할 수 없는 것'에 대해 많은 괴로움을 겪곤 한다. 내가 이 나이까지 살아보니 인생이 마음대로 되지 않더라고. 근데 벌어지는 모든 일들에 대해 일희일비를 하게 되면 그 삶은 불행해질 수밖에 없더라. 그리고 내가 바꿀 수 없는 것은 그대로 받아들이는 것이 정신건강에 좋을 거야"

곰곰이 생각해봤다. 내가 지금 살아가면서 가장 많은 '스트레스를 받는 원인이 무엇일까?'라고.

아마 '계획했던 것과 다른 상황, 생각하지 못한 문제'를 겪게 될 때가 아닐까 싶다.

특히 어떤 일을 할 때나, 누군가를 좋아하게 되었을 때, 최선을 다했지만 예상했던 결과와 다르면 극심한 고통을 느낀다.

그래도 반복된 경험과 나이를 먹을수록 성숙해져서 그런지 '그런 감정'에 대해 잘 대처하는 힘이 생긴다고나 할까.

때론 내가 움켜쥐고 있는 것을 하나둘씩 내려 놓을 때 마음이 편안해지고 진정 중요한 것이 보이며 오히려 일이 잘 풀려갈 때도 있다. 그러니 너무 스스로를 힘들게 하지 말길.

나를 공격하는 게 아니야

이유 모를 불안이 찾아올 때, 뭐 그럴 수 있다고 가볍게 넘기려고 하는데 이해가 되지 않기도 하다. '딱히 불안해할 이유가 없는데 왜 그럴까?' 의문이 든다.

일단 기분이 좋지가 않고 지금까지 살아오면서 안 좋은 일을 겪었던 상황들이 떠오른다. 이 감정을 어떻게 하면 느끼지 않을 수 있을까…

그러다 문득 불안도 '기쁨, 슬픔, 즐거움, 지루함, 행복감, 두려움 등'처럼 그저 하나의 감정일 뿐인데 왜 이렇게 고통스러움을 느끼는지 궁금했다.

생각을 하고 또 하고 또 하고… 시간이 어느 정도 지나자 '나를 공격한다고 느끼는구나'라는 것을 알게 됐다.

그때부터 불안이 찾아올 때마다 스스로에게 말해준다. '도영아. 이 기분과 감정은 나를 공격하는 게 아니라 잠시 들렀다가 떠나가는 것뿐이야 괜찮아'라고.

그리고 최근 아버지께서 보내주신 글이 떠올랐다. "세상 사는 거 너무 많은 것을 생각하지 마 깊은 생각도 필요하지만 단순함도 필요하단다"

혹시 나와 같은 사람이 있다면 스스로에게 말해보자.

"나를 공격하는 게 아니야, 괜찮아"

웃고 우는 삶

평소 관찰을 많이 하고 스스로에게 질문을 자주 던지는 편이다. 지속적으로 글을 쓰기 위한 영감을 얻기 위해 하는 하나의 방법이라고 할까.

그러다 이런 물음이 머릿속에 떠올랐다. "삶에서 불쌍한 사람의 기준은 무엇일까?"라고.

'불쌍하다'란 '처지가 안되고 애처롭다'라는 뜻이다. 사실 개인의 삶을 감히 누군가가 왈가왈부하거나 폄하한다는 자체가 말이 되질 않지만 그래도 내 주관적인 생각을 한번 표현해보고자 한다.

경제적으로 어려운 사람, 주위에 사람이 없는 사람, 자신을 사랑할 줄 모르는 사람, 남 탓만 하는 사람 등 여러 가지가 떠올랐지만 질문에 대한 답으로썬 부족했다.

시간이 좀 지나니 하나의 문장에 유독 마음이 쓰였다. 바로 '감정을 제대로 느끼지 못하고 사는 사람'이었다.

우리는 살면서 많은 희로애락을 겪는데 그때마다 기쁨, 슬픔, 즐거움, 씁쓸함, 쾌락, 허망함, 공허함 등 다양한 감정을 느끼지 못하는 것만큼 불쌍한 것은 없다고 생각된다.

예전에, 감정을 억누르는 사람이 사회에서 큰 문제없이 살아갈 수 있다는 글을 봤다. 틀린 말은 아니지만 남에게 피해를 주지 않는 선에서 마음껏 울고 웃는 것이 과연 잘못된 것일까?

주제넘을 수 있지만 꼭 말해주고 싶다. 웃고 싶을 땐 남 신경 쓰지 말고 웃고, 울고 싶을 땐 하염없이 끝까지 울라고.

왜 자랑하고 싶을까?

인터넷 문화가 발달되면서 다양한 플랫폼이 생겼다. SNS만 잘 활용하더라도 인플루언서가 되기도 하고 직장을 다니지 않아도 밥 벌어먹고 살 수 있는 시대가 됐다.

나는 인스타그램과 유튜브(현재는 일로써, 추후 실력이 올라오고 자본금이 모이면 내 채널 운영 예정)를 주로 하고 있는데 여러 게시글을 보다 문득 '나를 비롯해 우리는 왜 자랑하고 싶을까?'에 대한 궁금증이 생겼다.

사실 좋은 일이 생겼을 때 굳이 어딘가에 올리거나 전하지 않아도, 주위 몇 사람에게만 소식을 알렸을 때도 기쁜 감정을 충분히 느낄 수 있을 것이다.

허나 나를 비롯한 우리는 도대체 왜? 자랑을 하는 걸까?

자랑이란 "자기 자신 또는 자기와 관계있는 사람이나 물건, 일 따위가 썩 훌륭하거나 남에게 칭찬을 받을 만한 것임을 드러내어 말함"을 뜻한다.

그 이유가 어찌 됐든 나쁘게 볼 필요가 없다는 점을 미리 말한다.

생각해보니 두 가지가 떠올랐는데 '타인이 볼 때 나라는 존재가 꽤 괜찮은 사람으로 인정받고 싶은 마음, 사회적으로 나는 이 정도의 영향력을 가진 사람이란 걸 보이고 싶은 마음'이었다. 물론 다른 이유들도 있겠지.

홍보라는 목적도 있지만 나 또한 위 두 가지의 이유로 인해 개인 SNS를 꾸준히 하는 것이지 않을까 싶다.

그러다 "만약 지금 우리가 사용하고 있는 SNS와 플랫폼이 모두 사라진다면?"이란 생각을 해봤다. 애초에 다른 사람이 어떻게 사는지를 알 수 없기에 남과 비교하는 것과 중독현상이 줄 수 있지 않을까?

그리고 나는 이 행위들을 하지 않더라도 나 스스로를 사랑하고 있는지 의문이 들었다. 지금 당장은 답을 내리기 어려우나 깊게 한번 생각해보면 좋을 듯하다.

"나, 그리고 우리는 왜 자랑하고 싶을까요?"

당신은 요즘 어떠신가요?

분주하게 움직이는 아침, 반복되는 일상에 지친 하루, 불안정한 미래, 평생 함께할 동반자를 만날 수 있을까에 대한 불안, 뒤처지는 것 같다는 두려움, 비교 끝에 느끼는 허탈함 등 불과 작년 초까지만 해도 내가 평소에 느끼던 기분과 감정이었다. 이대로는 안되겠다며 "어떻게 하면 내 인생을 바꿀 수 있을까? 내가 가진 역량으로 어떻게 해야 원하는 삶을 살지?"에 대한 고민을 많이 했다.

스스로 내린 결론은 '지금 당장 내가 할 수 있는 것부터 시작하자, 꾸준히'였다. 아침에 일어나서 이불 개기, 매일 어떻게든 시간을 내서 조금이라도 운동하기, 책 읽기, 내 선에서 만들 수 있는 수익구조 모두 만들기(모르면 배우기), 긍정적인 생각과 마인드를 유지할 수 있도록 노력하기, 자기 분야에서 성공하고 부자인 사람들의 장점을 흡수하기 등

내가 정한 약속들을 하나씩 지키다 보니 자연스레 자신감이 생기고 그동안 살아오면서 도전과 성취를 하며 느꼈던 좋은 기운들이 나를 감싸주는 경험을 하게 됐다.

그 힘든 시기에 스스로에게 가장 많이 물었던 질문은 "도영아 요즘 어때? 괜찮아? 네가 원하는 삶을 살고 있어? 좀 쉴까? 아니면 다시 힘을 내서 달려볼까?"란 사소한 것들이었다.

자신의 모습이 마음에 들지 않더라도 어차피 '나는 나로 살아가야 하는 것은 절대 바꿀 수 없다, 다만 노력을 통해 충분히 인생을 바꿀 수 있다고 생각한다'

세상에서 큰 영향력을 가진 인물들이나 많은 부를 이루고 성공한 사람들은 모두 하나같이 말한다, "나를 알아야 된다"라고.

신경 쓸 거리가 넘쳐나겠지만 잠시라도 자신에게 집중하는 시간을 가져보길.

"당신은 요즘 어떠신가요?"

이유와 이해의 힘

요즘 느껴지는 기분이 남다르다고 느낀다. 과장하지도 않고 자만도 아니며 내가 최고라고 생각하지도 않지만, 뭔가 기운이 느껴진다. 그래서 그런지 그동안의 내 삶을 다시 한번 천천히 돌아보고 있는 중이다.

어떤 선택을 하며 인생이란 것을 그려왔는지를 말이다. 여기서 냉정한 시선을 가지고 '내가 성공했던 일과 그렇지 못한 것에 대한 차이점은 무엇일까?'에 대해 진지하게 고민했다.

뭘까? 뭐지? 음…

해냈던 것들을 종합해보니 공통된 부분이 있었는데 바로 '그것에 대해 내가 하는 이유를 제대로 알고 있고 왜 이뤄야 하는지에 대한 이해를 했다는 것'이다.

그냥 막연히 "남들도 다 하니까~, 그냥 하는 거지 뭐~, 복잡한 건 난 딱 싫어~" 등 이런 자세와 태도가 아니라 정말 온전히 그 행위에 대한 이유를 알고 이해를 한 것들은 모두 잘됐다. '아니 되게 만들었다'라고 표현할 수도 있겠지.

우리는 삶을 살아가면서 무수히 많은 선택을 하게 되는데, 때론 단순한 것도 좋지만 본인의 인생에서 결정적인 선택을 할 때는 위에서 말했듯 '이유와 이해'의 힘을 잘 활용하기 소망한다.

이것을 몸소 느낀 사람과 그렇지 못한 사람의 인생은 정말 많이 달라질 것이다. 나뿐만 아니라 사회적으로 어느 정도 위치에 올라간 분들을 만나면서도 깨달은 것이니 오해는 없길.

"당신이 오늘 보내고 있는 하루에 대해 정확한 이유를 알고 이해를 하고 있나요?"

사람 다 똑같다네

보통 아침 출근하기 전 운동을 하는 편이다. 몸에 피로도가 높거나 시간이 애매할 땐 저녁시간을 활용하고. 차가 많이 다니는 도로보다는 집 근처에 논밭이 있어 그곳을 뛰고 기본적인 근력 보강을 한다. 거의 매일 하는 편인데 이제는 안 하는 날이 더 피곤하다고 해야 하나… 나이를 먹어가는 듯.

몇 달 전부터 유독 나와 운동 시간이 겹치는 어르신 한 분을 마주쳤다. 나이는 아버지와 비슷해 보였고 하얀 백구와 함께 산책을 하고 계셨다. 강아지가 좀 크고 사나워 보여 일부러 멀리 떨어지기도 했다. 선글라스를 쓰신 모습이 특히 기억에 남고.

그렇게 시간이 지나고 생각보다 더 자주 보다 보니 인사라도 해야 할 것 같아 먼저 "안녕하세요, 운동하는 시간이 겹쳐서 자주 마주친 것 같아요 인사드리고 싶었어요"

어르신은 "나도 자네와 같은 생각이었네, 괜찮으면 잠깐 앉아서 대화를 해볼까 하는데"

보통은 그냥 인사치레만 하고 지나칠 텐데 왠지 모르게 나도 이야기를 나누고 싶다는 생각이 들어 근처 벤치에 앉았다.

알고 보니 한때 잘 나간 중소기업을 이끌던 대표님이셨고 현재는 은퇴 후 평범한 하루들을 보내고 계신다고 했다.

이런저런 주제로 말을 주고받다 보니 어느새 편안해졌고 나는 나보다 먼저 살아가신 분들에게 항상 묻는 질문을 했다.

"그 나이까지의 삶을 제가 다 알 수는 없겠지만 지금 제 나이 때의 젊은이들에게 해주고 싶은 조언이 있으실까요?"

어르신은 고민에 잠긴 듯한 모습을 보이다 이내 "사람들의 인생은 저마다 자라온 환경과 상황이 모두 다르고 개개인의 성격과 개성도 천차만별이기에 조언을 해주는 게 애초에 말이 안 된다고 생각하네, 그래도 먼저 산 사람으로서 얘기를 해주고 싶은 것은"

"사람 다 똑같다네, 이걸 알고 살아가는 사람과 모르고 시간을 보내는 사람의 차이는 후, 삶의 질이 많이 달라질 거야"

처음엔 이게 무슨 소리지? 싶었다. 근데 그 이유를 들어보니 뭔가 뒤통수를 한 대 맞은 느낌이랄까…

"젊었을 때는 나보다 많은 것을 가진 사람, 이룬 사람, 사회적으로 인정받는 사람, 누구나 우러러보는 위치나 자리에서 일하는 사람, 멋지고 예쁜 사람 등을 부러워하지. 이상한 것은 아니지만 비교를 하면서 자신을 갉아먹는 사람에겐 독이나 마찬가지일 거야"

"근데 내가 어느 정도의 부를 갖추게 되고 성공한 사람들을 많이 만나보니 깨달은 것이 무엇인지 아나? 사람 사는 게 크게 다르지 않다는 거야. 많은 것을 가지고 이뤘지만 그 부담감과 불안감을 이겨내지 못해 극단적인 선택을 하는 사람도 봤고, 반대로 많은 것을 갖거나 이루지 못했지만 오히려 행복하게 살아가는 사람도 봤네"

"여기서 어느 쪽이 더 나은 삶이라고 말하고 싶은 것이 아니라 '나 자신이 내가 원하는 것에 대한 기준점을 알고 사느냐 그렇지 않느냐는 것이야' 이게 진짜 중요한 것이지. 자신을 잘 모르고 살아가는 사람들이 참 많다네"

어르신은 이제 아내에게 가봐야 한다고 말씀하시면서 자리를 떠났다. 하늘을 바라보니 노을이 지고 있었고 한참을 바라보며 생각을 정리했다.

'나는 나를 알고, 어떤 삶을 살아가고 싶은지를 인지하고, 그에 맞게 하루들을 보내고, 돌아오지 않는 이 시간들을 느끼고 즐기면서 살아가고 있는 걸까?'

따로 연락처를 받진 않았다. 또 마주칠 수 있을 것이라 생각했으니. 이 글을 빌려 감사하다는 말씀을 드리고 싶다.

불안을 다스리는 방법
(응, 아니)

잘 살아가다 가끔 꿈에서 악몽 비슷한 것을 꿀 때가 있다. 엄청 고통스러운 것은 아니나 기분이 좋진 않다. 몸을 일으키기 전 그 짧은 시간 동안 예전 안 좋았던 기억들이 하나씩 떠오르기도 하고.

그럴 때마다 약간의 불안증세를 느끼기도 한다. 과거엔 '그냥 그런가 보다'라고 생각했지만 회복하기까지의 시간이 좀 걸려 '좋은 방법이 없을까?' 고민했다.

여러 가지로 테스트를 해봤는데 나에게 가장 잘 맞았던 방법을 소개해주고자 한다.

'응, 아니' 방법, 오글거릴 수도 있겠지만 누군가에게는 도움이 될 수도 있기에 쓰겠다.

먼저 좋지 않았던 순간들이 떠오르면 스스로에게 묻는다.

"도영아 너 지금 불안하니?"
'응 불안해'

"그 일이 지금 발생했니?"
'아니'

"그럼 너는 현재 일어나지 않은 일인데 불안해하는 거네?"
'듣고 보니 그렇네'

"누가 너를 공격하는 것도 아니지?"
'응 맞아'

이런 식으로 계속 묻고 답하면서 내가 지금 시간을 보내는 현재 속으로 감각을 되찾는 훈련이라고 할까. 나에게는 좋은 영향을 준 방법이니 평소 불안증세를 느끼는 경우에 사용해보면 좋을 듯하다.

우리는 겉으로 봤을 땐 밝고 행복해 보이지만 그 속으로 들어가 보면 하나씩은 자신만의 아픔을 갖고 살아가기 마련이다.

당신만 그런 것이 아니다. 이 글을 쓰는 나 또한 같다. 그러니 힘든 순간이 찾아와도 절대 혼자라고 생각하지 않았으면 한다. 그리고 존재 자체만으로 이미 소중한 사람이란 것을 잊지 말자.

드라마 작가가 될 거예요

세 번째 책 원고가 완성됐다. 브런치에다 100개의 글을 쓰면 내겠다고 다짐했었는데 1년이란 시간이 지나 그 숫자를 넘긴 것을 보면 내가 글쓰는 것을 얼마나 사랑하는지를 알 수 있는 듯하다. 글을 써 내려갈 때 마음이 편안해지는 느낌이 너무 좋다.

어떤 영상을 하나 봤는데 "만약 당신이 복권 1등에 당첨된다면 무엇을 하고 싶은지 종이에 적어보세요"라는 말을 했다. 그렇게 상상하고 쓰는 행위 자체에서 행복감을 느낄 수 있고 적힌 것들이 진짜로 하고 싶은 일이라는 메시지를 전했다.

호기심이 생기면 바로 하는 타입이라 해봤는데, 여러 가지 중 가장 내 눈에 들어오는 것은 바로 드라마 작품을 쓰는 것이었다.

내가 세상에서 혼자 버려진 것 같은 기분을 느낄 때, 나의 상처와 아픔을 아무도 보듬어주지 못할 때, 앞으로 어떻게 살아가야 할지 도무지 감이 잡히지 않을 때 등 그 힘들고 외로운 순간이 찾아왔을 때 나를 위로해주고 마음을 잡아준 작품과 같은 드라마를 말이다.

"지금부터 시작하면 되는 것 아닌가요?"라고 말할 수도 있지만 일단 그전에 하고 싶고 해야 할 일을 하고, 더 많은 경험과 삶의 지혜를 쌓고, 경제적 자유를 이룬 후 더 이상 아무것도 신경 쓰지 않고 모든 정신과 마음을 오로지 글에만 집중할 수 있을 때 쓰고 싶다. 큰 의미가 있는 것은 아니고 나의 이야기는 그렇게 써 내려가고 싶을 뿐이다.

'괜찮아 사랑이야, 버진리버, 나의 아저씨, 동백꽃 필 무렵, 우리들의 블루스, 이번 생은 처음이라, 나의 해방일지, 멜로가 체질, 이상한 변호사 우영우' 등과 같은 시간이 지나도 오랫동안 마음에 남아있는 현실적이지만 '사람냄새' 진하게 나는 그런 작품을.

훗날 작업실에 앉아 글에만 몰두한 내 모습을 상상만 해도 벌써 행복한 미소가 지어진다. 그렇기에 나는 부지런히 늘 그래왔듯 나의 길을 걸어갈 것이고 그 과정 속에서 글과 함께할 것이다.

"나는 글에 진심이고, 글 또한 내게 진심이니까"

2부

사랑 참 어렵다

사랑에 대하여

결

　지인들을 만나게 되면 항상 듣는 질문이 있다. "도영아 너는 이상형이 어떻게 되니?" 예전엔 여러 가지가 많았지만 세월이 지날수록 대답하기가 어렵다.

　현실적인 문제를 생각하게 돼서 그런 것인지 아니면 나도 어떤 사람을 좋아하는지 잘 몰라서인지…

　그래서 '요즘은 이상형이라고 말하고 싶은 이성의 특징이 떠오르지가 않아요'라고 답을 하는 편이다.

　그래도 대답을 들어야겠다며 끝까지 묻는 지인도 있는데 그때는 오랜 생각 끝에 '만약 말을 꼭 해야 한다면 '결'이 맞는 사람을 만나고 싶어요'라고 답한다.

　구체적으로 풀어서 말하자면 굳이 이해하려 하지 않고 애쓰지 않아도 자연스레 마음이 통하고 가까워지는 그런 사람이랄까?

　사랑을 하기 위해선 노력을 해야 하는 것을 알고 있지만 그렇

다고 '억지로 무엇인가를 만들어가고 싶지는 않은 듯하다'

만나면 편안하고 큰 웃음은 아니더라도 소소한 미소를 지을 수 있게 되는 사람, 세상을 바라보는 시선이 비슷하고 같은 감정선을 느끼는 사람 이를 아마 '결'이 맞는 사람이라고 하지 않을까?

'더 좋은 사람이 되고 싶다, 그리고 따뜻한 결을 갖고 싶다'

사랑받고 싶어요

어렸을 때 아버지와 어머니는 바빴다. 5년이란 시간 동안 4명의 아이를 낳았으니 키우려면 쉴 시간이 없는 게 당연했었던 듯하다.

그래서 혼자 집에 있는 경우가 많았다. 누나들과 형은 학원이나 친구들을 만나러 갈 때 난 혼자 소파에 앉아 멍하니 티비를 보곤 했다.

아버지와 어머니에게 '왜 제가 집에 오면 항상 안 계세요. 같이 놀고 싶어요. 저 혼자 있기 싫어요'라고 말하고 싶었지만, 고된 일을 마치고 돌아오신 모습을 봤을 땐 그럴 수 없었다.

그렇게 시간이 지나고 배구선수 생활을 하면서 합숙 생활을 했고 사실상 부모님을 비롯해 가족들과 함께한 시간이 부족했다.

사랑받는 기분을 느껴보고 싶었는데 말로써 표현할 수가 없었다. 물론 최선을 다하신 점은 감사하지만 결핍이 있었던 것은 사실이니.

그래서인지 사랑을 주고받는 것에 조금은 어색한 듯하다. 어떻게 해야 하는 것인지 도통 알 수가 없다고나 할까?

조금 부족하고 더딘 것이 현재 내 모습이지만 그래도 앞으로 사랑을 주고받는 것을 진심을 다해 해보고 싶다. 미숙할지라도 마음만은 참 따듯하니까.

괜찮은 사람을 만나게 된다면 숨기지 않고 느끼는 그대로의 마음을 표현하며 잘해주고 싶다. 사랑을 주는 법도 알고 싶으니까. 그리고 이제는 자신 있게 말하고 싶다.

날 웃게 하는 사람

다투기도 하고 끝을 낼 것처럼 보여도 오랫동안 연인 사이를 유지해오는 커플들이 있다. 그들을 만나면 내가 공통적으로 묻는 질문이 있는데 '어떻게 하면 두 분처럼 흔들리긴 해도 중심을 잡은 사랑을 할 수 있나요?'

돌아오는 대답은 "그냥 한 번 더 상대방을 생각해주는 거? 서로 화났을 때는 잠시 시간 텀을 두고 대화로 풀어가는 거?"

그리고 또 내가 물었다. 그럼 '어떤 이유로 인해 사랑에 빠지게 되는 것일까요?'라고. 무슨 그런 질문이 있냐고 하긴 했지만 대부분 각자만의 이야기들이 있었다.

그러다 누군가 내게 말했다. "그러면 도영씨는 무엇을 사랑이라고 생각하는데요?"

순간 당황하긴 했지만 이내 답했다. '음… 저는요… 다른 이유들은 잘 모르겠고 일단 '저를 웃게 해주는 사람'이요. 조금 더 구체적으로 말하자면 특별한 무엇인가를 하지 않아도 그 사람이 갖고 있는 좋은 에너지 덕분에 제가 웃음이 끊이지 않는 것이랄까요?'

한때는 대단한 이유가 있어야만 가능하다고 여겼었지만, 이제는 그저 내가 길을 걷다가도 샤워를 하다가도 일을 하다가도 그 사람을 떠올리면 갑자기 나도 모르게 웃게 되는 것이 사랑에 빠진 신호이지 않을까 싶다.

일단 나부터 '그런 사람'이 되었는지를 돌아보게 된다.

상처는 취미, 극복은 특기

사람은 각자만의 휴식을 취하는 방법이 있는데 나는 혼자 심야 영화를 보러 가는 것을 좋아한다. 사람도 적고 온전히 그 내용에 집중할 수 있다고 해야 할까.

최근 코미디로 나온 작품이 있다고 하길래 마음껏 웃고 싶기도 하고 잠시 머리도 식힐 겸 예매를 했다. 물 하나만 챙기고 자리에 앉았다. 컴컴한 조명, 푹신한 의자, 탁한 공기가 왠지 모를 안정감을 내게 가져다준다.

영화를 보면서 내가 생각했던 내용과는 많이 다르다는 것을 느꼈다. 그저 가벼운 소재로 웃기기만 할 줄 알았는데 나이, 관계, 성별에 대한 기준점 없이 '사랑'이 피어오르는 상황을 묘사한 것이 참 매력적으로 다가왔다.

특히 동성애에 대한 부분이 인상 깊었는데 대사의 깊이가 좋았고 내 마음속에 깊숙이 들어왔다고나 할까?

"기대하는 게 없는데 어떻게 상처를 받아요"

"저는 상처 받는 게 취미고 그 상처를 극복하는 게 특기거든요"

"색과 색이 섞였을 때 합쳐지는 것이 아니라 본래 색은 그대로 남아있다"

그리고 미성년자인 성경이 남편이 항상 집을 비우는 유부녀 정원에게 상처를 받고 소리를 지르며 펑펑 우는 장면, 그리고 정원은 자신을 찾는 성경을 피해 계단 구석에서 쓸쓸하게 숨어있는 씬은 가슴을 먹먹하게 만든다.

오랜만에 마음 깊숙한 곳에 있는 순수했던 사랑의 감정이 다시 피어오르는 듯한 느낌을 받았다.

'아픈 과정을 겪지만 결국 시간이 지나 치유되고 '모든 것'에서 자유로워지는 결말'이 참 좋았고 따뜻했다.

자신의 감정에 솔직한 사람

여러 일을 병행하다 보니 자연스레 사람을 만나는 경우가 많아졌다. 처음부터는 아니지만 어느 정도 유대감이 쌓이면 내게 자주 묻는 질문이 있다.

"도영씨는 여자친구 있어요?" 몇 번 들었을 때는 그냥 '아니 현재는 없어요'라고 답을 했지만 만나는 분들마다 물어보니 조금 이상한 기분을 느낀다고 할까나.

"없으면 괜찮은 분 소개해드릴까요?"라고 이어 물어오면 '아네 감사합니다'라고 답한다. 과거엔 '괜찮습니다'라고 말했었는데 이후에 끊임없이 이어지는 질문이 조금은 불편했기에 때론 상대가 원하는 대답을 해주는 것이 편하다.

그다음으로 자주 받는 질문은 "도영씨는 이상형이 어떻게 되길래 만나는 분이 없어요? 눈이 높나 봐요"

'눈이 높은 건 아닌데 중요하게 생각하는 점은 있는 것 같아요. 자신의 감정에 솔직한 사람이요. 호감이 생겨 깊은 관계로 발전할 수 있었던 분들 중, 자연스레 가까워지기보단 뭔가 모를 애매한 행동으로 인해 매력이 반감된다고 할까요. 물론 제가 누군가를 평가하고 판단해선 안된다는 것은 잘 알고 있어요.'

다양한 경험을 하며 사람을 꽤 만났는데 자신의 감정을 잘 표현하는 사람을 잘 보지 못했다. 오히려 반대되는 말과 행동을 보이는 이가 많았고.

과거엔 나도 몰랐지만 상대방을 존중한다는 전제하, 자신의 감정에 솔직한 사람은 참 매력적인 존재인 듯하다.

삶에서 중요한 것

예의가 없거나 부정적인 사람이 아니라면 만나는 사람에게 묻는 질문이 있다. '혹시 좋아하는 영화가 있나요?'

정확하진 않겠지만 말하는 작품을 가만히 듣다 보면 그 사람의 가치관이나 성격, 성향을 어느 정도는 알게 된다. 일을 같이하는 동료와 대화를 나눌 기회가 있어 평소와 같이 질문을 했다. 그러자 그는 내게 "그럼 도영씨는 좋아하는 영화가 뭔데요?"라고 되물었다.

'음… 요즘 같은 겨울엔 왠지 모르겠지만 '비포 시리즈'가 떠오르네요. 사랑에 대한 풋풋함부터 현실성까지 가장 잘 그려낸 작품이라고 생각되거든요. 그래서 유럽을 여행할 때도 일부러 그 촬영지들을 토대로 루트를 짜기도 했죠'

내가 살아가는 일상과 사람들이 보내는 하루를 유심히 관찰하기도 하는데 문득 이런 질문이 떠올랐다.

'삶에서 중요하게 생각해야 하는 것은 무엇일까?'

다른 것들이 생각날 법도 한데 유독 '대화'라는 단어가 머릿속에서 계속 맴돌았다. 그렇지 않을 수도 있겠지만 나의 시선에선 혼자서 핸드폰을 멍하니 들여다보는 사람과, 어느 곳에서든 누군가와 함께 이야기를 나누는 사람들의 표정은 많이 달랐다.

혼자 있는 시간도 물론 자신에게 좋은 감정을 느끼게 해줄 수 있겠지만 마음과 결이 맞는 사람과 대화를 나누는 것만큼은 아니지 않을까?

사랑도 다른 부분들 또한 중요하겠지만 '대화'가 나이를 먹을수록 차지하는 비중은 점점 커지는 듯하다.

'당신 곁에는 그러한 존재가 있는가?'

사랑은 한때

노희경 작가님, 돌아왔다. 2018년 라이브를 마지막으로 4년 만에. 내가 좋아하는 사람들에게 하는 말이 있다. 뜬구름 잡는 말처럼 들릴 수 있지만, 경제적 자유를 이루고 나면 '실제로 노희경 작가님을 만나 대화를 나누고, 나도 같은 결의 작품을 꼭 써 내려가고 싶다'라고.

인생에서 버려져 혼자 남겨진 기분, 더 이상 삶에 대한 의욕이 없을 때 나는 '괜찮아 사랑이야'를 보고 많은 눈물을 흘리며 치유를 받았다. 내가 작가님 덕에 새로운 하루를 보내듯 나도 이와 같은 영향을 줄 수 있는 글을 쓰고 싶다.

우리들의 블루스, 배우들이 거의 블록버스터 영화인 것처럼 출연한다. 현재까지 5회밖에 진행이 안됐음에도 불구하고 보면서 많은 생각을 하게 된다. 아마 작가님의 힘이겠지.

다른 내용도 현실감이 넘쳐 좋았지만 '영주와 현' 부분이 가슴을 참 먹먹하게 만들었다. 꽤 많은 사람들이 겪은 그리고 평생 숨기고 싶은 이야기를 잘 풀어냈다.

5회 중 기억에 남는 대사가 있다. "어쨌든 사랑은 한때야 다, 우리 감정도 언젠간 시간이 지나면 사라질 거야, 흔적도 없이"

주위 사람들과 대화를 나누다 보면 '사랑'이란 감정에 대해서 이야기를 하기보단 '현실'에 대한 말을 더 많이 듣는다고나 할까. 마치 '더 나은 삶을 살기 위해 필요한 수단 혹은 더 불행해지지 않기 위해 어쩔 수 없는 선택'을 하는 듯한 느낌을 받는다.

'사랑은 한때'라는 말이 지금도 내가 사랑을 조금 두려워하는 이유 중 하나이지 않을까?

아직 15회가 더 남았다. 행복하다. '사람으로 인해 받은 상처를 사람으로 인해 치유를 받는다, 그리고 사람 사는 이야기' 늘 감사합니다 작가님, 많은 영감을 얻습니다.

사랑이 뭐라고 생각하시나요?

내년이면 한국 나이로 30, 나이가 드는 것이 싫다기보단 지금까지 나는 어떻게 살아왔는지에 대해 되돌아보고 앞으로는 어떤 인생을 그려나갈지 생각해보게 되는 시기인 듯하다.

러브&드럭스라는 작품을 보게 됐다. 내가 느낀 제이미 랜달이란 인물은 타고난 바람둥이지만 어렸을 때부터 본인의 삶에 대한 자신이 없고 결핍이 큰 사람, 매기 머독은 파킨슨병이란 이유도 있지만 사랑에 대한 상처가 커 육체적인 관계만 맺는 가벼운 관계를 좋아하는 사람으로 느껴졌다.

처음엔 호기심으로 시작해 그저 섹스를 하는 원나잇 상대로 관계를 시작했지만, 좋은 일이 생길 때 소식을 제일 먼저 전하고 힘든 일을 편하게 털어놓으면서 시간이 지날수록 서로에게 깊게 빠져드는 스토리가 좋았다.

나쁘게 보면 가벼운 관계인 것처럼 보일 수 있지만 나는 오히려 그 부분이 서로에 대한 조건을 따지지 않고 그저 그 사람에게만 집중할 수 있었던 이유이지 않을까 싶었다. 오랜만에 연애세포가 되살아나는 경험을 했다.

극 마지막 부분에서 매기는 자신을 너무 사랑해주는 제이미에게 "내가 아픈 것을 너에게 책임지라고 강요하고 싶지 않아, 당신은 좋은 남자야, 그러니까 이제 그만 떠나줘"라고 말한다. 제이미도 처음엔 두려움이 커 힘들어도 헤어짐을 받아들이지만 그녀의 빈자리는 일상 속에서 훨씬 더 크게 느껴진다.

결국 제이미는 함께 찍은 영상을 보다 매기에게 달려가 말한다. "당신은 처음으로 나를 제대로 봐준 사람이야. 나는 네가 필요해. 너도 내가 필요하고. 그리고 이건 모두 내 선택이야 내가 스스로 내린 선택"

다른 건 모르겠지만 '네가 필요해, 내가 내린 선택'이란 대사가 마음을 울렸다고 할까. 나는 살면서 그 정도로 이성에 대한 감정을 느껴본 적이 없다. 그래서 건강한 사랑을 하는 사람들이 부럽다.

당신은 "사랑이 뭐라고 생각하시나요?"

사랑에도 장애가 있나요?

사랑… 음… 사실 어떤 감정인지 느껴본 적이 없기에 뭐라 말하기가 어렵다고 해야 할까. 가족들과 소수의 친구들에 대한 사랑은 경험해본 적이 있지만 이성에 대한 건 끌림이나 좋아하는 정도였지 그 이상은 없었던 듯하다.

아마 어렸을 적 상처와 결핍이 건강한 관계를 맺지 못하게 된 주원인이겠지. 그래도 요즘은 스스로를 통제하는 것이 많이 익숙해졌고, 심리와 정신에 대해 공부를 하고 상담도 몇 번 받았어서 그런지 내가 나 자신을 바라봤을 때 이젠 사랑을 먼저 줄 수 있는 사람이 되지 않았나 싶다. 시작하는 것이 어려워서 그렇지.

또 주위에서 배우자 혹은 연인에 대한 이야기 하는 걸 들었을 때, 긍정도 있지만 부정이 더 많다는 것은 이게 도대체 뭐지? 싶을 때도 있다. 사랑하진 않지만 더 나은 사람을 만나지 못할 것 같아 그저 체념을 하고 살아간다고 한달까. 물론 모두가 그렇다는 것은 아니고.

영화 같은 것을 꿈꾸는 것은 아니나 그래도 서로가 긍정적인 영향을 주고받고 매일매일이 좋을 순 없겠지만 힘든 시기가 와도 함께 이겨낼 수 있는 것이 사랑이지 않을까?

장애란 "신체 기관이 본래의 제 기능을 하지 못하거나 정신 능력에 결함이 있는 상태"를 뜻한다. 나에게 결함이 있다는 것은 인정하는 부분이다. 허나 제리 맥과이어 마지막 부분 씬에서 주인공 톰 크루즈가 했던 대사인 you complete me(당신은 날 완성시켜)라는 말처럼 우리는 모두 흠이 조금씩은 있지만 그것을 채워줄 수 있는 사람을 만나는 것이 바로 사랑이지 않을까 싶다.

안 만나는 것만 못하는 관계를 이어가는 것보다 혼자만의 시간을 보내며 스스로를 성장시키는 것이 좋다는 생각은 변함이 없다. 나의 길을 묵묵히 가다 보면 언젠가는 만날 것이라는 건 의심치 않다. 다만 이젠 마음에서 신호가 왔을 때 억누르지 않고 용기를 내보고 싶다. 시간은 되돌릴 수 없고 그때 그 시기에 느낄 수 있는 감정들은 너무 소중하기에.

찰나의 순간

영화 '화양연화'를 보곤 이 글이 자연스레 떠올랐다.

"찰나의 순간"

영화를 본 후 내가 느낀 건 우리는 삶을 살아가면서 자신도 모르게 평소 알고 지낸 사이가 아니었지만 사랑에 빠지기도, 몇 년이란 시간 동안 그 누구보다 가까이 지내며 평생을 함께 하자고 말했지만 남보다도 못한 사이가 되기도 한다는 것.

영화에서는 '사랑'이란 것에 초점을 맞췄지만 나는 인생 전체에도 이 메시지가 적용된다는 생각이 들었다.

학창시절 꿈꿨던 일을 어떤 계기로 인해 갑자기 다른 방향으로 바꾸는 경우도 있고, 잘 나가던 사람이 한순간에 무너지기도, 스스로를 구렁텅이에서 허우적댄다고 느끼던 사람이 승승장구하는 것도 모두 찰나의 순간이지 않나 싶다.

이외에도 많은 것들이 이 문장과 연결된다는 것을 살아가면서 느낀다. 그렇기에 우리는 '매 순간을 소중히 대해야 한다'라는 말을 자주 들었던 것이지 않을까?

어르신들을 만나면 가장 많이 듣는 이야기가 있다. 바로 "세월이 참 빠른 것 같아, 뒤돌아보니 벌써 내 나이가 이렇게 됐네, 내일 이 세상을 떠나도 이상하지 않아"

그래서 '어쩌면 인생이란 것은 찰나의 순간'이라는 말도 나오지 않았을까 싶다. 우리는 가끔 영원히 살 것이라는 착각 속에 살아가기도 한다.

정상적인 반응이지만, 언젠가는 이 세상을 떠나야 한다는 사실을 받아들여야 한다. 두렵지만 틀린 말이 아니기에.

결국 과거에 얽매이거나 너무 미래만 생각하지도 말고 지금 이 순간, 오늘 하루를 살아가야 한다는 것.

"당신에겐 '찰나의 순간'이 어떻게 다가오나요?"

그저 그런 사랑 말고

'사랑', 국어사전에 적혀있는 뜻이 여러 개 있는데 "어떤 사람이나 존재를 몹시 아끼고 귀중히 여기는 마음. 또는 그런 일"이 가장 대표적인 예다.

좋아하는 정도는 가끔 느끼는 것 같은데 그 이상의 감정은 아직 경험이 없다고 해야 하나… 머리로는 이해가 되는데 마음에선 '그래서 그게 무슨 기분? 느낌인데?'라고 말하는 듯하다.

주위에서 연애를 하거나 결혼을 한 사람들과 우연찮게 대화를 하다 보면 꼭 "내가 만나는 이 사람은 뭘 하고 어느 정도 벌이를 하고 사회적으로는 이 정도일 걸?" 등과 같이 말하는 것을 들을 수 있는데,

들을 때마다 주제넘을 수 있지만 '왜 그 사람의 내적인 것보다 외적인 것에 대해 더 자랑을 하는 거지?'라는 의문이 든다.

사람마다 다름을 인정하는 부분이지만, 언젠가는 모두 늙고 예쁘고 멋진 시절도 지나간다는 사실을 인지한다면 '나와 대화는 잘 통하는지, 세상을 바라보는 관점, 삶을 살아가는 태도, 중요하게 생각하는 것, 어떤 부분에서 행복과 서운함을 느끼는지, 가치관과 신념, 유머 코드는 맞는지 등'에 대해 말해야 하지 않나 싶다. 지극히 개인적인 생각, 내 말이 맞다는 뜻은 아니니 오해는 말길.

엄청난 사랑을 꿈꾸는 것은 아니다. 이젠 현실적인 부분도 고

려해야 하는 나이라고 생각되고. 하지만 '외로운 상황을 견디기 힘들어 옆에 누군가가 있었으면 좋겠어서, 이 사람을 만나면 내가 자랑할 수 있는 게 많아져서, 시기가 결혼을 해야 하는 때라서' 등과 같은 이유로 그 감정을 쌓아가고 싶진 않다.

절절한 경험을 해보지 못한 것이 조금 아쉽긴 하지만 이제는 자연스럽게 물들어 서로의 빈틈을 채워줄 수 있는, 무엇을 해도 자꾸만 웃게 되는 그런 사람과 사랑이란 것을 해보고 싶은 듯하다.

엊그제 버스를 탔는데 한 노부부께서 처음엔 자리가 없어 따로 앉았다. 이후 할머니가 옆자리 사람이 내리자마자 뒤로 돌아 할아버지에게 손짓을 하며 "이리로 와요"라고 말하는 모습을 봤다. 두 분은 계속 손을 잡고 계셨는데, 이 장면이 평소 내가 생각하는 '그저 그런 게 아닌 진짜 사랑이 아닐까?'라고 느껴졌다.

'어떤 순간에도 서로를 위해주고 함께 늙어가는 것'

당신이 아름다운 사랑을 쌓아가길 진심으로 소망합니다.

그냥 좀

새벽과 저녁 날씨가 쌀쌀하다. '아, 올해도 별로 안 남았구나'

이제 4개월 정도밖에 남지가 않았다. 20대의 마지막이라서 그런지 시간이 야속하게 느껴지는 건 나만 그런 것일까?

요즘 내 상황을 한마디로 정리하자면 "딱 좋다"

'금전, 건강, 인간관계, 가족, 명예' 삶의 균형 5가지가 지금까지 살면서 가장 좋은 밸런스를 유지 중이다. 그래서 좀 어색하다고 해야 하나… 내가 행복해도 되는 걸까?

아무튼 가장 나를 웃게 하는 건 '그동안 내가 했던 도전과 경험들을 조금씩 인정받고 그 시간들이 빛을 보고 있다는 것' 나만 알 수 있는 힘든 시절을 보상받는 느낌이랄까. 감사할 따름이다. 역시 노력은 배신하지 않는구나.

이제 더 열심히 살면서 기회를 만들고 잡는 일만 남은 것 같은데 어딘가 비어있는 기분은 무엇을 뜻하는 것일까? 돈이 없었을 땐 돈이 많이 벌고 싶었고, 뒤처지는 것 같을 땐 최고가 되고 싶었고, 무의미한 하루라고 여겨질 땐 각광받는 사람이 되고 싶었다.

며칠 전 누구나 알법한 운동선수 출신 방송인, 인플루언서, 연예인들과 함께 촬영을 했다. 사적으로 말을 섞진 않았다. 예전엔 사진도 찍고 싶고 어떻게든 친분을 쌓고 싶었을 것 같은데 이젠 별 감흥이 없다.

좀 냉소적으로 들릴 수 있겠지만 "그냥 똑같은 사람일 뿐"이라고 할까. 그래도 한 분야에서 멋진 활동을 하고 있는 분들이기에 리스펙은 하는 부분.

본론으로 돌아와서, 다 좋은데 왜 뭔가 허한 기분을 느끼는 걸까? 두려움, 불안과는 분명 다른 감정이다. 곰곰이 생각해보니 떠오르는 단어가 있었다. 바로 '사랑'

지나가다, 서로의 눈을 바라보며 미소를 짓는 연인이나 부부들을 볼 때면 나도 모르게 혼자 흐뭇한 표정을 짓는다. 부럽기도 하면서 '저 감정은 어떤 기분일까?' 하는 궁금증?

사랑을 주고 싶고, 받고 싶은 나를 볼 때면 나도 그저 평범한 존재라는 것을 다시 한번 깨닫게 된다. 외롭지만 지금은 내 몸값을 높이는 것에 온 정신과 힘을 쏟고 싶을 뿐이다. 그러다 보면 자연스레 나와 결이 맞는 사람을 만나게 되겠지.

어느 정도의 공허함은 필요하니 받아들이고 그저 내 길을 걸어가야지.

"당신은 요즘 어떠신가요?"

물들어간다

"내가 생각하는 이상적인 삶을 살기 전까진 사랑을 하는 것은 사치일 뿐이야" 불과 몇 개월 전까지 내 머릿속에 가득했던 생각이다. 혼자 살아가는 것에서도 벅참을 느끼는데 누구와의 만남까지 한다? 현실적으로 쉽지 않다.

데이트로 사용하는 시간과 비용, 감정적으로 영향을 받는 것이 커리어를 쌓아가는 시기엔 부담처럼 느껴지기 때문이기도 하니까. 그러다 한 여성을 만났다. 평소 이상형과는 달라 마음이 크지 않았지만 뭐 나쁜 기분을 느끼는 것은 아니었기에 만남을 이어갔다.

그렇게 한 번 그리고 두 번 세 번 네 번… 계속해서 얼굴을 보고 같이 시간을 보내다 보니 조금씩 마음의 크기가 커져간다고 표현해야 할까. 특히 대화를 하는 과정에서의 행복감이 크게 느껴져 처음 겪는 기분이기도 하고 '신기하다'라는 말이 자주 나왔다.

보통 첫눈에 반해야 다가가고 서툴러서 그런지 급발진을 하던 나였는데… 지금은 뭔가 건강하게 천천히 서로를 알아가고 가까워지는 느낌이랄까? '서서히 물들어간다'라는 뜻이 이런 상황을 예로 들지 않았을까 싶었다.

큰 노력을 하지 않아도 마음이 같고, 불안하게 만들지 않으며, 조금씩 마음을 따뜻하게 만들어주는 관계. 자극적이진 않아도 왜 이 온도가 좋게 느껴질까? 이런 걸 사랑이라고 말하는 걸까? 물들어간다는 이 감정이 좋다.

내가 혼자 있는 시간이 길었지만 우연히 그녀를 만났듯 혹, 외롭다고 느끼는 당신에게도 자신의 삶을 묵묵히 살아가다 보면 곧 그런 사람이 나타나지 않을까 싶다. 대신 마음의 문을 어느 정도는 열고 있어야 한다는 것을 잊지는 않길.

대화의 맛

연애를 오래 하거나 결혼생활을 하시는 분들을 만날 때마다 묻는 질문이 있다. "장기간 만남을 이어오면서 관계를 건강하게 유지할 수 있는 방법은 무엇일까요?"라고. 길게 이성과 만나본 경험이 없어 그 부분이 궁금했다.

질문에 대한 답이 여러 가지 있었지만 가장 많이 나온 말은 "서로 대화가 통해야 하고, 싸웠을 때 어떻게 푸는지가 정말 중요해"였다. 자산, 직업, 외모, 몸매 등은 단지 조건일 뿐이고 사람과 사람이 관계를 맺는 것이기 때문에 유대감을 깊게 형성하는 것이 금방 헤어지느냐 아니면 오랜 시간 동안 함께하느냐를 결정한다고 했다.

나도 20대 중반까지는 외적인 모습을 중요하게 생각했는데 한 살 한 살 먹을수록 함께하는 시간이 편안하게 느껴지는지 상대와 이런저런 이야기를 나눌 때 즐거운지를 더 보게 되는 듯하다. 나이가 들면 외면은 점점 변하겠지만 내면은 그대로일 수 있으니.

그런 사람이 있다. 알고 지낸 사이도 아니었고 뭘 하는 사람인지 어떤 삶을 살아왔는지 가정은 화목한지 돈은 모아났는지 모르지만 대화를 주고받을 때 '아, 이 사람 좋은 사람이구나'라고 느껴지는 사람.

첫 만남부터 그런 감정을 느끼는 것은 현실적으로 쉽지 않고 만남을 자주 갖게 되면서 드는 생각이지 않을까 싶다. "상대의 말투, 화법, 사용하는 단어를 들어보면 그 사람의 인생이 보인다"라는 말이 있듯 대화는 사랑이란 감정을 쌓아가는데 중요한 요소인 듯하다.

로맨틱 크리스마스

영화에서 보면 크리스마스날 집도 꾸미고 사랑하는 사람들끼리 모여 파티를 하던데 내 인생을 되돌아봤을 때 그런 기억이 없다. 물론 부모님께서 선물을 사다 주시거나 케이크에 초를 꽂고 불긴했지만 로망이 실현되지는 않은 느낌이랄까.

쌀쌀했던 10월 말쯤 청계천을 걷다 이런 말을 했었다. "우리 크리스마스 때 서로 할 거 없으면 제대로 파티 같은 거 하면 어때?"라고. 당시엔 관계 초반이라 약간 형식적인 멘트였지만 실제로 그 일을 하게 되니 신기하기도 하면서 설레기도 했다.

나는 당일 저녁 요리를 담당하기로 그녀는 집을 꾸며주기로 했다. 이브날 홈파티를 하고 크리스마스날은 레스토랑에서 식사를 한 후 영화관에서 영화를 보는 일정을 소화하기로 하고.

퇴근 후 집에 도착하니 산타주머니에 간식거리를 담는 모습을 볼 수 있었다. "도착하기 전에 준비해서 문 앞에 걸어주고 싶었는데 빨리 왔네…" 그녀의 말에 미소를 지을 수밖에 없었다.

그렇게 각자 정한 파트에 맞게 준비를 했다. 좋은 호텔, 비싼 음식과 술, 아름다운 풍경은 없었지만 서로를 향한 마음이 따뜻했고 아기자기하게 꾸민 장식들과 직접 만든 요리 그리고 와인까지 행복하기에 충분했다.

크리스마스 기간을 함께 보내면서 이런 생각이 들었다. '로맨틱이란 다른 부수적인 것들보다 서로를 위해 무엇인가를 해주는 마음, 노력들을 뜻하는 것이지 않을까?'라고. 물론 환경과 분위기도 중요하겠지만.

시간이 지나도 종종 떠올리면서 웃음을 지을 수 있는 추억으로 자리 잡았다. 감사하고 행복하다.

떨어져 있어도 함께 있는 것만 같은

좋은 연애란 무엇일까? 그저 설렘이 느껴진다고 좋다고 말할 수 있을까? 문득 궁금했다.

평소 김창옥 교수님의 강연을 즐겨듣는 편이다. 청소나 설거지 그리고 이동을 하거나 샤워를 할 때 틀어놓으면 시간을 알차게 쓰는 기분도 들고.

기억에 남는 것이 많지만 '좋은 사랑을 하기 위해서'라는 주제가 가끔 생각날 정도로 좋았다. 모든 내용을 다 설명하자면 너무

기니까 짧게나마 정리해보고자 한다.

"건강하고 좋은 사랑을 하기 위해선 어떻게 해야 할까요?
바로 홀로서도 괜찮다는 생각이 들 때 누군가와의 인연을
시작하면 보다 더 깊고 아름다운 사랑을 맛볼 수 있을 거
예요."

여기서 말하는 홀로서도의 뜻은 '혼자 삶을 살아가도 크게 외
롭지 않고 혼자 있는 시간을 잘 보내는 상태 누군가에게 기대지
않아도 잘 지내는 하루들'을 뜻한다.

처음엔 설렘으로 시작하지만 점점 상대에게 집착하는 경우,
예의는 없어지고 선을 지키지 않으며 정신과 신체적으로의 폭력
까지⋯ 생각보다 많은 커플들이 이런 상황을 겪는다고 한다.

그래서 나는 이성을 볼 때 혼자만의 시간을 어떻게 보내는지,
상황으로 인해 자주 보지 못해도 큰 문제가 없는지를 중요하게
생각한다. 그리고 '떨어져 있어도 함께 있는 것만 같은' 사람인지
를 본다.

떨어져 있어도 함께 있는 것만 같은 기분을 느끼려면 서로에 대한 신뢰와 믿음이 있어야 하고 각자 보내는 시간을 존중할 줄 알아야 하는 것이 기본 베이스이기 때문에.

"당신은 어떤 사랑을 하고 있는지 알고 계시나요? 건강한 방향으로 나아가고 있나요?"

있는 그대로의 내 모습

연애프로그램을 즐겨 보는 편은 아닌데 하트시그널과 환승연애는 챙겨봤다. 출연자들의 솔직한 모습도 좋았고 감성을 자극하는 연출과 편집이 보기 좋았다. 풋풋했던 시절도 떠오르고.

하트시그널2에서 출연자 김장미는 김도균과의 대화에서 이런 말을 한다. "잘생기고 잘났고 그런 사람들이 많은 것 같아 이 세상에. 근데 그중에서 정말 중요한 건 '나를 알아주는 사람' 그런 사람이 한 명 있다면 좀 더 행복할 것 같아"라고.

진심이 담긴 말이었기에 여운이 깊었다. 나를 알아주는 사람이란 메시지도 물론 좋지만, 나는 개인적으로 '있는 그대로의 내 모습'을 보여줄 수 있고 좋아해주는 사람과 만났을 때 진짜 사랑을 할 수 있지 않을까 생각했다.

상대에게 잘 보이기 위해 노력하는 자세와 태도는 좋지만 원래 본인의 모습은 없고 보기 좋게 꾸며진 사람으로 비치기만 한다면 그것을 유지하기도 어렵고 또한 시간이 지나 허탈감도 심할 것이다.

다만, 있는 그대로의 모습을 좋아해주기만을 바라기보단 말 그대로 상대가 나에게 관심이 가고 끌릴 수밖에 없는 이유들을 진짜로 만들어서 매력을 갖추는 것이 맞지 않을까?

연애도 사랑도 행복하려고 하는 것이지 서로를 힘들게 하거나 만나기 전보다 불행하려고 하는 것이 아님을 알아야 한다.

3부

평범한 일상 속

하루에 대하여

나른한 오후

일을 마치고 집으로 가기 위해 버스정류장으로 향했다. 눈이 부신 걸 보니 날씨가 좋은 듯했고 하늘을 올려다보자마자 '와… 너무 예쁘다'라고 말하며 핸드폰을 들고 사진을 찍었다.

버스를 탄 후 에어팟을 귀에 꽂고 좋아하는 가수의 노래를 틀었다. 에어컨 바람이 땀을 식혀주는 기분이 좋았고 창밖에 보이는 풍경들이 감성적으로 다가왔다.

어쩌면 정신없는 요즘 유일하게 느낄 수 있는 온전한 나만의 시간이랄까. 그러다 생각했다. '아직 꿈꾸던 것만큼의 이상적인 삶'을 살아가는 것은 아니지만 그래도 꽤 괜찮은 하루들을 보내고 있지 않나? 라고.

과거엔 스스로에 대한 기대치가 너무 높아서 항상 부족하다 여기고 자책하기 일쑤였다. '왜 나는 이것밖에 안 되는 걸까? 내 인생은 왜 이렇게 구렁텅이일까?'

하지만 멀리서 나를 있는 그대로 바라보면 사실 딱히 나쁘다고 말할만한 삶의 모습은 아니었다. 그저 나 자신을 인정하지 못하고 더 많은 것을 추구하기만 하니 불행할 수밖에 없었다.

버스에서 내려 집 근처 가까운 공원으로 가 하늘을 바라보며 누웠다. 얼굴이 타더라도 그날만큼은 햇빛을 그대로 쐬고 싶었다. 화창한 날씨와 맑은 구름 그리고 산책을 하며 웃고 있는 사람들의 모습까지, 나도 모르게 말이 나왔다. '아 행복하다 이런 게 행복이지'

그땐 그랬지

헬스장으로 향하고 있었다. 공허함 때문인지 하루라도 운동을 하지 않는 날엔 왠지 모르겠는 불안감이 밀려온다.

건물 1층에서 엘리베이터를 타려고 하는데 멀리서 "잠시만요!"라는 큰 소리가 들린다. 얼른 열림 버튼을 눌렀고 중학생으로 보이는 3명의 친구들이 탔다. 어찌나 귀엽던지.

"감사합니다 아저씨 덕분에 학원 안 늦을 것 같아요" 아… 내가 이제 나이가 들었구나…

3명이서 숙제에 대해 이야기를 나누는 모습을 보는데, 갑자기 예전 학창시절의 모습들이 하나둘씩 떠오르기 시작한다. 아이들과 인사를 하고 내렸지만 헬스장에 들어가지 않고 밖에 앉아 옛 기억을 더듬으며 추억에 잠겼다.

'나도 그땐 그랬는데, 참 시간이 빠르네'

아직 젊지만 한 해가 지나면 지날수록 책임져야 하는 것들이 늘어나는 게 점점 어깨를 짓누르는 것만 같은 기분을 느낀다. 뭐 어른이 되어가는 과정이겠지.

아이들의 해맑은 미소를 보니 나도 덩달아 기분이 좋아졌다. '지금처럼 밝은 모습 잃지 말고 무럭무럭 자라주렴!'

아, 그럴 수도 있겠다

평소 생각이 많은 내게 잠깐이나마 그 시간에서 벗어날 수 있게 해주는 것이 있다. 바로 웃긴 영상을 보는 것.

가장 재밌다고 생각하는 개그맨의 SNS를 들어갔는데 거기에 이런 글이 적혀있었다. '아구럴수도있겠당'

처음엔 별생각 없이 봤었는데 시간이 지날수록 왜 그 글이 계속 생각나는 것일까?

우리는 살아가면서 많은 문제들과 마주하게 된다. 그럴 때마다 나와 의견이 반대일 경우 많은 스트레스를 받곤 하는데, 그것을 깊게 한번 들여다보면 '내 생각이 옳은데'라는 주관적인 시점을 갖고 있어서이지 않나 싶다.

일 그리고 인간관계, 하물며 사랑이라고 다를까. 내가 그 사람을 좋아하는 이유가 있는 것처럼 상대는 나를 어떠한 것으로 인해 싫어할 수 있다.

무엇이 맞고 틀리다는 개념이 아니라 그저 다름을 인정하면 될 터인데 뭐가 그리 화가 난다고 미성숙한 태도를 취할까.

쉽진 않겠지만 앞으론 '아, 그럴 수도 있겠다'라는 관점을 유지하도록 노력해야겠다.

'아, 그럴 수도 있겠다'

포터 그리고 아버지

최근 전셋집으로 계약을 맺어 이틀 동안 이사를 했다. 아버지와 어머니께서 일하다 나오시는 등 많은 도움을 주셨다. '혼자했으면 정말 힘들었을 듯…'

짐을 옮길 때 다행히 아버지 지인분께서 포터를 갖고 계셔 빌릴 수 있었다. 부자 단둘이 시간을 보내는 것이 오랜만이기도 했고 예전에 학교를 태워주시던 모습이 떠올라 좋았다.

그렇게 차 안에서 이런저런 대화를 나누며 이동하는데 갑자기 과거의 내 모습이 떠올랐다.

운동을 그만두고 대학생활을 할 때 대중교통을 타면 학교까지 1시간 정도 걸리고 자차로 움직일 경우 15분 정도면 도착할 수 있어 평일은 아버지에게 태워달라고 부탁드렸다.

하지만 막상 포터를 타고 가니 창피하다는 바보 같은 생각을 품었다. 그래서 항상 정문 도착하기 전 버스정류장에서 내려달라고 말씀드렸다.

시간이 지나 돌이켜보니 정말 창피한 것은 '그런 생각을 갖고 있었던 나 자신'이었다.

아버지는 옛이야기를 하며 운전을 하셨고 나는 과거의 나를 반성함과 동시에 좋은 날씨인 하늘을 바라보며 창문 사이로 들어오는 바람을 얼굴로 느꼈다.

학교를 통학하던 그 시절에는 창피하다고 생각했던 것이 이제는 왜 점점 더 소중하게 다가오는 것일까? 과거 그리고 지금의 나는 무엇이 달라진 것일까?

'아버지, 다음에 또 포터 태워주세요'

추석

한 해 대표적인 두 번의 명절, 그중 하나인 추석을 보내고 있다. 과거엔 친가와 외가 모두 지정된 장소에 모여 오랜만에 친척들끼리 서로 인사를 나누고 맛있는 것도 먹고 게임을 하는 등 함께했다.

올해는 코로나의 영향도 있겠지만 이것을 제외하더라도 몇 년 전부터, 우리 가족만 그런 것일지는 모르겠으나 제사가 아닌 이상 모이지 않고 각자 가족끼리 조촐하게 시간을 보냈다.

그래도 1년에 두 번은 보던 친척들과 볼 기회가 없어지니 자연스레 거리감이 생긴다. 우연히 지나가다 볼 경우에도 어색함이 느껴진다.

다른 시선을 가지고 포괄적으로 보자면 세상은 점점 편리해지고 혁신적인 것들로 넘쳐나고 있지만, 그럴수록 더 각박해지고 개인의 프라이버시가 그 어느 때보다 중요한 시대로 변했다. 주관적인 시점이니 공감하지 않아도 괜찮다.

'1인'에 대한 문화를 존중하지 않는다는 것은 아니고 확실히 과거보다는 우리나라 특유의 '정 문화'가 사라졌다.

대중교통만 보더라도 대부분 귀에 무엇인가를 꽂고 핸드폰을 보고 있다. 내 앞과 뒤 옆에서 누가 있든 크게 신경 쓰지 않는다.

명절은 오랜만에 보는 친척들과 시간을 보내는 맛인데 시간이 지날수록 보기 힘든 모습이 되는 것만 같아 쓸쓸하다.

'나만 이렇게 느끼는 건가?'

부모님의 뒷모습

이사를 하고 어느 정도 정리가 됐다. 좋은 오피스텔은 아니지만 그래도 두 번째 자취방치곤 꽤 마음에 든다.

그렇게 지내는데 어머니께서 "도영아 오늘 저녁은 집에서 먹자. 아버지가 장어를 사오셨어"라고 연락을 하셨다. 날이 저물고 약속했던 마트로 나가 함께 필요한 식품을 샀고, 나는 온 김에 다른 것도 둘러봐야지 하며 돌아다녔다.

그러다 부모님이 계신 곳으로 다시 가 아버지는 카트를 밀고 어머니는 옆에서 살 것을 담는 장면을 봤는데, 평소엔 그저 그랬던 모습이 왜 그날따라 '뒷모습이 참 야위어 보이는 걸까?'

문득 '아 세월이 많이 흐르긴 했구나' 싶었다. 예전엔 검은 머리가 풍성하기도 했고 피부도 좋으셨는데 이젠 어느 중년부부와 같이 머리의 색깔도 변했고 피부도 많이 처지신 모습이다.

그동안 나는 '어떻게 하면 내 삶을 더 행복하게 살아갈 수 있을까?'에 대해서만 생각을 하고 그에 맞게 하루를 보냈는데, 부모님은 그 사이 많이 야위신 것이다.

당연한 순리이겠지만 함께할 수 있는 시간이 그리 많지 않다는 사실이 두렵기도 하고 씁쓸한 감정을 느끼게 한다.

나의 인생을 열심히 살아가는 것도 물론 중요하지만 기회와 시간이 있을 때 최선을 다해 잘해드려야겠다. 부모님을 위함도 있겠지만 사실 '훗날 내가 후회하지 않기 위한 마음'도 있을 것이다.

'사랑합니다, 효도할게요'

일요일

어머니가 요리를 하시는 소리와 아버지가 TV를 보며 하시는 말이 들린다. 날이 밝았는데 정확히 몇 시인지는 모르겠지만 침대에서 움직이고 싶지는 않다.

조금 더 자다 이내 일어난다. 밖으로 나가 소파에 앉으니 TV에선 '신비한TV 서프라이즈'가 하고 있다. 잠결에 멍하니 바라보다 '아 오늘 일요일이구나'를 알게 된다.

여러 가지 일을 병행하고 나서부터 평일, 주말 개념보다는 일하는 날과 쉬는 날로 요일을 인지하게 된다. 오랜만에 일요일다운 느낌을 받으니 왠지 모를 안정감이 느껴진다.

테이블에 놓여있는 간식거리를 주워 먹으니 어머니가 "도영아 이제 밥 먹을 건데 왜 그런 걸 먹니 조금만 기다려봐"라고 말씀하신다.

나도 모르게 미소가 지어지고 행복감이 밀려오는 기분을 느낀다고나 할까? 다른 것들도 좋은 감정을 느끼게 해주겠지만 '함께 이 순간을 살아가고 있다'라는 따듯함이 주는 것보다는 적은 듯하다.

쉬다 저녁 식사 시간 때 미리 준비해온 재료들로 부모님께 요리를 해드렸다. 맛있게 드시는 모습을 보니 뿌듯하기도 했지만, '세월이 많이 흐른 흔적'이 눈에 보이니 씁쓸함이란 감정이 크게 느껴졌다.

앞으로 '이런 일요일을 얼마나 더 함께 보낼 수 있을까?'란 생각이 머릿속으로 스쳐 지나간다. 꿈을 이루기 위해 노력하는 것도 좋으나 그 무엇으로도 시간은 살 수 없다.

'자주 올게요 어머니 아버지, 건강하세요'

저기, 할아버지

조금 답답함을 느끼거나 밥을 먹은 후에는 항상 집 근처를 산책한다. 한쪽은 개발된 곳이지만 몇 블록만 걸어가면 논이나 밭과 같은 곳이 나와 자주 간다.

그곳으로 향하고 있는데 한 할아버지께서 리어카에 모은 폐지가 떨어져 그것을 줍고 계셨다. 보통은 괜히 오지랖을 부려 상대방을 기분 나쁘게 할 수도 있을 것이란 생각에 그냥 지나갔겠지만 바닥으로 흘린 양이 너무 많았다.

결국 나는 '할아버지 안녕하세요. 폐지가 너무 많이 떨어져 있네요. 제가 좀 도와드릴게요'라고 말씀드리고 힘을 보탰다.

할아버지는 별말이 없으셨고 그저 바닥과 리어카에만 시선을 두고 줍기 바빴다. 그렇게 한 5분 정도 지나니 다시 잘 쌓았고, 나는 '요즘 날이 많이 추운데 조금 더 따듯하게 입으세요 그럼 건강하세요'라고 인사를 드렸다.

산책 장소로 향하려고 하는데 할아버지께서 "젊은 친구 도와

쥐서 고마워, 그리고 나처럼 살지마"라고 말씀하셨다.

그러곤 곧바로 자리를 떠나셨는데, 순간 몸을 움직일 수가 없는 느낌이라고나 할까? 어떤 감정이 내게 느껴지는지 알기가 어려웠다.

"나처럼 살지마"라는 말이 왜 계속 머릿속에 맴도는 것일까?

'할아버지 건강하세요, 오다가다 보면 또 인사드릴게요'

죽음에 대하여

부모님과 모처럼 데이트를 하는 날. 아버지는 운전을, 어머니는 조수석에, 나는 뒷좌석에 탔다.

이런저런 이야기를 하다 '죽음'에 대한 내용이 자연스레 화두로 올랐다. 내가 물었다. '아버지 어머니, 유서를 미리 써보는 것은 어때요? 마지막으로 남기고 싶거나 우리에게 전하고 싶은 말이라든지 등'

아버지가 말했다. "유서랄 게 뭐가 있어 그냥 잘 살다 갑니다 아빠는 먼저 가니 너희는 남은 생 잘 지내다 가라 이게 끝이지 뭐"

어머니가 말했다. "이곳에서의 생은 끝났지만 또 다른 세상에서 살아간다는 것에 설렘을 느낍니다 잘 살다가요 우리 4남매 항상 행복해"

그 말을 들으니 기분이 이상해졌다. 아직 부모님이 살아계심에도 언젠간 그 일을 마주해야 한다는 것이 조금은 실감이 나서 그런 것일까? 무섭기도 하고 두렵기도 하며 걱정스러웠다.

아버지가 한마디 덧붙이셨다. "내가 죽으면 화장을 해서 백두산 그리고 히말라야 정상에 뿌려줘 자유롭게 떠날 수 있도록, 도영아 그 정도는 해줄 수 있지?"

'당연하죠 꼭 그렇게 할게요'

이것이 무슨 감정인지는 정확히 모르겠으나 빨리 겪고 싶지는 않은 피할 수 있으면 피하고 싶다고나 할까.

그래도 부모님과 웃으면서 삶의 마지막에 대하여 이야기를 나눌 수 있다는 것에 왠지 모를 안도감 같은 것이 느껴졌다.

더 열심히 살아야겠다, 더 자주 같이 많은 시간을 보내고 잘해 드려야겠다.

내 마음속에 숙소

잘 살아가다 어느 날 문득 이유 모를 '불안'이 나를 덮칠 것 같은 기분을 느낄 때가 있다. 보통은 혼자서 이겨내는 편이지만 가끔 의문이 풀리지 않을 땐 어머니에게 대화를 요청드린다.

그래서 그날, 함께 저녁을 먹고 산책을 나갔다. '불안'이라는 주제로 이야기를 나누었는데, 내가 물었다.

'어머니 전 요즘 불행한 일도 없고 나름 행복한 일들도 생겨 즐겁게 일상을 보내고 있는데 왜 가끔 불안함을 느끼는 것일까요? 이유를 찾고 싶은데 잘 모르겠어요'

어머니가 말했다. "도영아. '불안, 두려움, 걱정, 공포' 등 이런 감정들은 누구나 다 느끼면서 살아간단다. 다만 그에 대해 과민 반응을 일으키는 것은 사람마다 천차만별이지. 내가 책에서 이런 글을 읽었는데 참 좋더라. 알려줄게"

'우리가 여행을 가면 잠깐 지내는 곳을 숙소라고 칭한다. 짧게 머물기도 하고 때론 오랫동안 지내기도 한다. 일정을 모두 소화하면 우린 다시 자신들의 위치로 돌아간다. 이와 같이 우리가 느끼는 '불안, 두려움, 걱정, 공포'들도 잠시 마음속에서 지내는 것뿐이다. 그 이상이 아니니 그런 감정을 느낀다면 그저 '아 그렇구나' 하고 인정하면 된다. 그러다 보면 어느 순간 나도 모르게 자연스레 사라지고 언제 그랬냐는 듯 평정심을 되찾게 될 것이다'

말씀을 듣곤 한참을 허탈한 웃음을 지었던 듯하다. 생각해보니 내가 며칠 전 부정적인 감정을 느꼈던 것들조차 기억이 나질 않았으니까.

위에서 말한 것들이 느껴지거나 찾아오는 이유가 사람마다 모두 다를 것이다. 허나 한 가지만 기억하자.

'우리 마음속에 있는 숙소에 잠시 다녀가는 것일 뿐이라는 것을'

MZ세대가 불행한 진짜 이유

명절 덕분에 맞이한 오랜만에 가져보는 긴 휴일, 학생 때는 몰랐지만 일이란 것을 제대로 시작하고 나서부터는 참 소중한 시간으로 다가온다.

'무엇을 하면서 시간을 보내지?' 생각을 하다 계획하던 경주 여행은 잠시 뒤로 미루고 밀린 경제 관련 책과 영상들을 보기로 했다. 어디론가 떠나는 것도 좋지만, 모르는 것을 배우는 재미도 나에게 큰 기쁨을 준다.

그렇게 시간을 보내는데 "MZ세대가 배부르고 등따시지만 불행한 진짜 이유"라는 썸네일이 눈에 들어와 눌렀다. 뭔가 궁금증을 자극했다고나 할까.

그 영상 내용이 전체적으로 좋았지만 내가 인상 깊게 느낀 부분을 풀어보고자 한다. "인간의 욕구는 총 5가지로 나뉜다고 해요. 1(생리적 욕구), 2(안전의 욕구), 3(사회적 욕구), 4(존경의 욕구), 5(자아실현의 욕구). 과거 전쟁을 경험하신 분들이 요즘 세대를 보면 '도대체 뭐 때문에 저렇게 힘든 걸까?' 이해가 잘 안 된다고도 하죠. 다 그렇진 않겠지만 요즘 세대는 대부분 이미 태어날 때부터 1번과 2번의 욕구가 충족이 된 상태로 삶을 살아가죠. 그래서 3번, 4번, 5번의 욕구가 채워지지 않으면 불행하다고 여기게 되는 것이에요. 특히 정체성에 대한 혼란을 많이 겪는 것 같아요"

이 짧은 글로 그 내용을 담기엔 부족하다. 아무튼 나에겐 이 욕구에 대한 풀이가 신선하게 다가왔다고나 할까. 좋은 대학을 나와 누구나 부러워할 직장에 들어갔지만 '어딘가가 비어있는 기분을 느끼고 살아가는 사람들' 참 아이러니하다.

사실 MZ세대라는 말을 하는 것을 나는 좋아하지 않는 편이다. '그냥 사람은 같은 사람이지' 뭘 그렇게 자꾸 나누려고 하는지. 문화 차이는 존중하지만 그 이상으로 과다한 표현은 조금 껄끄럽다.

가끔 이렇게 평소 생각하지 않았던 부분을 할 수 있게 만들어 주는 것을 보게 되면 반갑다. 그리고 조금 더 그 주제에 대해 이해할 수 있게 된다고나 할까.

겉으론 화려하고 행복해 보여도 누구나 다 조그만 힘듦을 안고 살아가기 마련이다. 그러니 타인과의 비교는 이제 그만하고 '자기 자신에게 집중해서 본인이 정말 원하는 삶을 찾고 살아 나머지 충족되지 못한 욕구를 채워가는 것은 어떨까?'

계속된 비극들을 보며

작년부터 아침에 일어나면 경제, 스포츠, 연예 기사를 찾아보는 루틴이 생겼다. 세상에는 현재 어떤 일이 일어나고 있으며 그 속에서 발생하는 문제들과 소식이 때론 영감을 주기도 하니까.

그러다 스스로의 목숨을 끊는 이야기를 접할 때면 나와 크게 관계가 없는 사람임에도 왠지 모르게 가슴이 저려온다.

누군가 그들의 이야기를 조금이라도 들어주고 공감해줬더라면? 무작정 악플을 달기 전 한 번쯤 그 사람에 대해 생각을 해봤다면 어땠을까 싶다.

삶이란 것을 살아가며 우리가 중요하게 생각하는 것은 모두 각기 다를 것이다. 예를 들면 '돈, 명예, 가치, 가족, 인맥, 꿈, 커리어, 사랑, 자유로움 등' 너무나도 많다.

허나 한 가지만큼은 모두 같다. 바로 '생명'이다. 그 무엇과도 바꿀 수 없는 바로 우리의 '목숨'

그들이 얼마나 큰 고통을 겪었을지 감히 예상할 수 없으나 그래도 이 사실은 변하지 않는다. '생명 그리고 목숨 이것보다 중요한 것은 이 세상에 존재할 수 없다는 것'

혹시 주위에 정신과 마음의 고통을 겪고 있는 사람이 있다면 그의 인생에 개입하지 않는 선에서 '따듯한 말 한마디'를 건네보는 것은 어떨까?

주제넘을 수 있다고 보일 수 있지만 훗날엔 그 따듯한 말들이 때론 사람을 살려내기도 하니깐 말이다.

그 친구와 친하진 않았다. 몇 번 술자리를 함께 가졌었는데 알려진 것과 다르게 참 여리고 보살핌이 필요해 보였다. 그때 더 따듯한 말을 해주지 못한 것이 조금은 내 마음을 아프게 한다.

그래서 나는 계속 글을 쓸 것이다. 이 글들이 얼마나 큰 힘을 가질진 모르겠지만 단 한 사람에게라도 작은 위안을 준다면 그것으로 충분하다.

'삼가 고인의 명복을 빕니다'

너는, 널 위해 뭘 해주는데?

한때 일에만 미쳐있던 시기가 있었다. 오로지 '목표와 돈 그리고 가치'만 생각하고 다른 것들은 삶에서 배제했다.

내가 만들어가는 것들이 사회적으로도 인정받을 때의 희열은 운동선수 시절 힘든 훈련의 과정을 견뎌내고 시합에서 좋은 성적을 거뒀을 때와 같았다.

그러다 번아웃이 찾아왔다. 결과는 냈지만 내가 상상하던 삶은 펼쳐지지 않았고 건강이 나빠져있는 모습을 마주했기 때문에.

그렇게 하루하루가 무의미했다. 아무도 만나고 싶지 않았고 하고 싶은 것도 없었다. 그러다 오랜만에 가까운 지인을 만났다.

이런저런 이야기를 나누다 그가 내게 물었다. "도영아. 목표를 이루고 돈을 벌고 가치 있는 것을 만들어가는 거 너무 좋지. 근데 있잖아 궁금해서 그런데 너는 널 위해 뭘 해줘? 정말 널 위해서 뭘 해주니?"

순간 이게 무슨 소리지? 싶었는데 곰곰이 생각해보니 그 어떤 대답도 쉽게 할 수가 없었다. 내가 행했던 것들이 나를 위해서라고 생각해왔지만, 오히려 '나 자신을 옭아매고, 힘들게 하고, 지치게 만들었다'

그날 참 많이 울었다. 그리고 이제는 '무엇인가를 이루는 것도 좋지만 다시 돌아오지 않을 내게 주어진 하루하루들을 소중하게 보내겠다고 다짐했다. 나를 위한 선물도 해주고'

이 글을 읽고 있는 당신에게 같은 질문을 던져보고 싶다. "너는, 널 위해 뭘 해주는데?"

아침 일찍 그리고 저녁 늦게까지

겉보기에는 멀쩡해 보이고 누군가는 부러워할만한 삶을 살아가는 사람이 그 속을 들여다보면 고통스러운 하루를 겪어내고 있는 경우가 있다.

많은 사람들의 사랑을 받고 있고 하고 싶은 일을 하며 경제력 또한 갖췄는데 왜 극단적인 선택을 해야만 했을까?

그때부터 정신과 마음에 관련된 것들을 찾아봤다. 책, 영상, 논문, 글 등 다방면으로 정보를 수집했고 인연이 있는 정신건강 의학과 선생님에게 궁금한 것이 생기면 여쭤봤다.

유명인뿐만 아니라 평범하게 혹은 그마저도 허락되지 않은 힘든 나날을 보내고 있는 사람들에게서도 정신과 마음의 상처로 인한 증상이 많았다.

선생님께서 내게 말했다. "도영아. 인생을 살아가며 아픔을 겪는 사람들의 이유는 천차만별이란다. 그래서 그것을 '어떤 것으로 규정하는 것은 맞지 않아' 대신 이겨낼 수 있는 좋은 방법은 있지"

애기를 듣다 보니 더 궁금해졌다. '뭔지 알려주세요'

"사람이 힘든 시기를 보내다 보면 무기력해지고 집에서 나가기를 어려워해. 밖을 보는 것조차 싫어할 수도 있고. 그래서 나는 이렇게 추천해드려. 그럴 때일수록 아침 일찍 나가서 저녁 늦게까지 돌아다니다가 들어오세요"라고.

"세상 사람들이 어떻게 하루를 보내고 있는지 유심히 관찰하고 그 일을 매일 하다 보면 어느 순간 '아 나만 이렇게 힘들게 살아가는 게 아니구나, 사람들은 다양한 방식으로 시간을 보내고 있구나'라는 것을 느끼게 될 거예요'라고도 말씀드리지"

그러니까 혹시 주위에 정신과 마음의 아픔을 겪고 있는 사람이 있으면 이 방법을 알려줘. 꾸준히만 한다면 조금씩 좋아질 거야 정말로.

한낱 꿈에 불과하다

우리집은 천주교다. 나는 어렸을 때 빼고는 가본 기억이 없다.

부모님께서도 청소년기 때까지는 계속 가길 권하셨지만 워낙 관심이 없는 내게 이제는 종교 관련된 얘기를 거의 안 하신다.

나 자신을 믿고, 살아가기 바쁜데 그럴 여유가 없다고나 할까. 뭐 핑계겠지만…

내가 사람으로서 존경하는 인물이 있다. 바로 '법륜스님'

종교를 떠나 스님의 말씀들은 큰 깨달음을 주고 삶을 살아가는데 많은 도움이 된다. 누군가가 갑자기 '내 뒤통수를 내려치는 듯한' 짜릿한 느낌을 준다고나 할까.

최근 가장 기억에 남는 메시지는 "모든 일은 벗어나면 한낱 꿈에 불과한 것"

내가 느낀 것을 어떻게 글로 풀어내야 할지 모르겠지만 일단

해보겠다.

모두는 아니겠지만 대부분은 인생에서 중요하게 생각하는 꿈과 목표를 두고 하루라는 시간을 보낸다.

열심히 살다 보면 치열해지는 순간도 찾아오는데 그때 자신에게 소중한 '건강, 사랑하는 사람, 돌아오지 않는 시간'을 잊고 오직 한 가지에만 몰두하는 사람이 있다. 나쁘다는 것이 아니라 '적정한 조율'을 해야 한다는 말씀으로 들렸다.

'잠시 이 세상에 왔다가는 것일 뿐 그 이상도 그 이하도 아니다'라고 전해주시는 듯했다. 주제넘은 말이겠지만 스님이 오랫동안 살아 더 많은 이들에게 좋은 메시지를 주셨으면 한다. 감사합니다 스님.

이기심 혹은 자신감
(애나 만들기)

지인에게 추천을 받아 '애나 만들기'란 작품을 보게 됐다. 볼수록 영화 '캐치 미 이프 유 캔'을 봤을 때와 비슷한 생각을 하게 되고 감정을 느낀다고나 할까?

간단하게 스토리를 설명하자면, 러시아에서 태어났지만 독일 출신 상속녀 신분으로 접근해 뉴욕 엘리트층의 마음을 사로잡은 애나 델비(소로킨)가 저지른 사기 행각에 대해 풀어냄과 동시에 한 기자가 애나의 숨겨진 실체를 파헤치는 내용이다.

이것이 '실화'라는 점에서 많은 사람들에게 인기를 얻지 않았나 싶다. 전체적인 이야기는 직접 보는 것이 더 와닿을 것 같아 생략하겠다.

이 작품을 보고 난 후, '이기심 혹은 자신감' 두 단어로 먼저 설명할 수 있을 듯하다. 애나는 본인이 원하는 것이 있다면 거짓말도, 타인을 이용하는 것에 대해서도 잘못됨을 전혀 느끼지 못한다. 이 점은 분명 도덕과 윤리적인 측면에서 옳지 않다.

하지만 아쉬울 것 없는 뉴욕 엘리트층의 사람들은 도대체 왜? 애나에게 속을 수밖에 없었을까? 아마 애나의 흔들림 없고 확신에 찬 '자신감' 때문이라고 보인다. 사람마다 다르겠지만 난 이 점은 멋있게 보였다. 너무 과해서 스스로를 망쳤을 뿐이지. 또 애나만을 비판할 수 없는 것은 엘리트층 사람들 또한 본인들의 욕망을 위해서 행동을 했기 때문이다.

내가 만약 애나를 만난다면 묻고 싶다. '당신이 원하는 곳에 올라가고 갖기 위해 하는 것들 때문에, 가족을 비롯해 주위 사람들이 모두 당신을 떠나가는데도 진정으로 그것을 원하시나요?' 라고.

작품에서만 봤을 땐, 애나가 이루고자 하는 모습은 이해가 됐지만, 정작 '애나 델비(소로킨)'란 사람은 누구인지? 알 수 없었다. 그녀조차 자신이 누구인지 모르고 사는 듯해 보였으니.

아무 생각 없이 듣는 노래

정신이 몽롱하다. 눈을 떠보니 창밖엔 햇빛이 보이고 문으론 바람이 솔솔 들어온다. 전날까지 에너지를 모두 소비하고 오랜만에 맞이한 휴일이라 아무것도 하고 싶지가 않다.

핸드폰도 무음으로 해놓고 들여다보기 싫어할 정도이니 이건 뭐 만사가 귀찮은 것이지 않은가. 그렇게 뭐를 해야 하나 생각하다 이불을 돌돌 말아 몸을 감싸곤 다시 눈을 감는다. '그래 이 느낌이야 이 포근함'

그러다 저번에 들었던 어떤 유튜버가 만든 '아무 생각 없이 듣는 노래'라는 플레이리스트가 생각난다. 소리를 작게 해놓고 재생을 하니 음악이 흘러나온다.

계속 듣다 보니 최근 들어 가장 마음이 편안해졌고 제목처럼 정말 아무 생각이 들지 않아 좋았다.

우리는 매일 그리고 매 순간 '무엇인가를 해야 하지 않을까'란 압박감 속에서 살아가기도 한다. 특히 나와 같이 쉬는 걸 어색해

하는 사람은 더더욱.

사람이 사용할 수 있는 에너지는 한정되어있는 만큼 정말 아무것도 하지 않고 가만히 멍 때리는 시간도 필요하다.

오늘은 뭘 써야 할지 모르겠어서 몇 자 적어봤다. 그나저나 이따 저녁 뭐 먹지?

노인자원봉사클럽

보통 아침 8시~9시 사이에 기상을 한다. 11시부터 업무를 시작하기에 1시간 정도 운동을 할 수 있는 시간이 있다. 집 근처에 논밭이 있는 장소가 있어 그곳을 한 바퀴 뛰면 딱 개운하다.

다 뛰고 집으로 돌아올 때면 항상 노란색 조끼를 입으신 어르신들을 만난다. 10명이 넘는 분들이 한 손에는 기다란 집게를 다른 손에는 비닐봉지를 들고 쓰레기를 주우신다.

입으신 조끼 뒤에 적혀있는 문구는 '노인자원봉사클럽'

함께 웃으면서 환경을 위해 힘써주시는 모습을 보니 괜히 내가 흐뭇해진다고나 할까. 멋지시기도 하면서 '나의 노년은 어떤 모습일까?' 괜스레 궁금해진다.

매번 그냥 가벼운 인사치레만 하고 지나갔는데 이번엔 가까이 다가가서 제대로 인사를 드리고 평소 여쭤보고 싶은 것을 말씀 드렸다.

'저기 어르신들 나쁜 뜻은 없고요 정말 궁금해서 그런데 이 일을 왜 하시는 거예요?'

"그런 질문은 처음 들어보네 허허. 나이가 들면 시간이 많아. 쓸 수 있는 에너지는 적은데 그에 비해 하루가 너무 길게 느껴질 때도 있지. 가만히 있는 것보다 좋은 일 하는 게 더 값지지 않을까? 그리고 은퇴는 했어도 어딘가에 소속되어 있는 기분이 뭔가 모를 안정감과 작은 기쁨을 주기도 한다네"

말씀을 들곤 왠지 모를 울림이 느껴졌다. 다음엔 음료수라도 사서 인사를 드려야겠다.

행복한데 악몽을 꿔요

만나는 지인들에게 물어보는 것이 있다. '지금까지 인생을 돌이켜봤을 때 언제가 제일 행복했던 것 같아?' 각기 다른 답을 해주는데 여러 생각을 할 수 있어 좋다.

내게도 같은 질문이 들어왔다. '나는 진짜 많이 생각해봤는데 요즘이 제일 행복한 것 같아'라고 답했다.

누군가를 책임지지 않아도 되고, 일이나 경제적으로도 가장 잘 풀리고 있고, 몸과 정신 그리고 마음이 가장 건강한 상태라고 할까. 가족을 비롯해 인간관계에도 안정감이 생긴 것 또한 긍정적인 작용을 하지 않았을까 싶다.

날이 좋은 날 거실 소파에 앉아 있는데 창밖에 보이는 놀이터에서 아이들이 뛰어노는 소리가 들린다. 선선한 바람이 느껴지고 새들의 소리가 들릴 때면 흐뭇한 미소를 짓게 된다.

그러다 저녁이 찾아와 침대에 누워 잠을 청했다. 분명 좋은 꿈을 꾸겠지 생각했는데, 내가 가장 많은 상처를 받았고 세상 모든 것이 부정적으로 보였던 그 상황들이 스쳐 지나갔다. 아마 이걸 '악몽'이란 단어로 표현하겠지.

잠자는 내내 시달려서 그런지 아침에 눈을 떴을 때 온몸에 힘이 없었고 기분이 좋지 않았다. 이후 다시 현실 감각을 되살리긴 했는데, '분명 제일 행복한 시기인데 왜 악몽을 꾸는지'에 대한 의문이 풀리지가 않았다. 지금까지도.

과거와 비교했을 때 좋은 모습으로 많이 변했지만 아직 덜어내지 못한 상처가 남아있는 듯하다. 시간이 오래 걸리더라도 천천히 하나씩 보내주고자 한다. 그래서 이젠 숙면을 취하고 개운한 아침을 맞이하고 싶다.

19°

오랜만에 축제를 다녀왔다. 최근 학교를 다녔었던 때가 생각나기도 했고 코로나가 끝나간다는 게 느껴질 만큼 여기저기서 대학 축제와 관련된 콘텐츠들이 쏟아졌기에.

퇴근 후 도착하니 저녁 7시 30분 정도였다. 사람들은 생각보다 더 북적북적했고 다들 그동안 많이 참았었는지 흥겹게 노는 모습이 보기 좋았다.

가수의 공연을 보고 예술디자인대학 앞 부스에서 학생들이 만든 안주를 먹으며 음악 전공자들의 버스킹을 봤다. 약간의 쌀쌀함이 느껴지는 바람, 사람들의 웃음소리, 지금 이 순간을 즐기는 그곳 분위기가 낭만 있었다.

'청춘'이라는 단어와 딱 맞아떨어지는 장면이라고 해야 할까?

집에 들어와 샤워를 하고 침대에 누우니 새벽 1시 정도였다. 평소였으면 아침 전에 한 번쯤 깰 텐데 오늘은 기분 좋게 눈을 떴다.

습하지 않고, 이불의 뽀송함이 느껴지고, 햇살이 창문으로 들어오지만 시원한 방 안의 온도가 좋았다. 핸드폰을 켜서 확인했는데 적혀있는 게 19°였다.

순간 이런 생각을 했다. '내 삶의 온도가 딱 이 정도였으면 좋겠다'라고.

"더도 말고 덜도 말고 딱 19°"

Focused distraction

Focused distraction, 한글로 번역하면 '초점 전환'이라는 뜻이다.

직장에 내가 제일 싫어하는 말과 행동을 하는 사람이 들어왔다. 앞과 뒤가 다르고 여기저기서 남 욕을 하는 사람, 인간의 기본적인 존중이란 것을 할 줄 모르는 너무도 어리석은…

나도 아직 부족한 사람이고 배워야 할 것들이 많지만 사람으로 태어났으면 기본적인 도덕과 윤리를 지켜야 하지 않나 싶은 생각은 아직도 변함이 없다.

특히 부정적인 기운을 자신만 가지고 있으면 그나마 괜찮은데, 그것을 타인에게 지속적으로 영향을 끼치는 행위가 정말 싫다.

그러다 자꾸 머릿속에 그 사람이 떠올라 시간이 너무 아까워 '싫어하는 것을 생각하지 않는 법'을 찾아봤는데 '초점 전환'이라는 것을 알게 됐다. 우리는 어떤 특정한 것을 떠올리지 않고 잊겠다고 마음먹을수록 오히려 그것을 계속 생각하게 된다는 것이다.

그럴 때 사용할 수 있는 방법이 바로 다른 것에 집중하는 것. 즉, '초점 전환'이다. 예를 들면 운동, 독서, 청소 그리고 내가 좋아하는 사람과 시간 보내기 등을 하다 보면 어느 순간 자연스레 머릿속과 마음속에서 사라져 있을 것이다.

모두와 잘 지낼 수 없는 것이 현실이다. 그래도 이번 기회에 마음 맞는 분을 한 분 얻게 돼서 오히려 좋았다. 어차피 내가 가만히 있어도 나의 진가를 알아주는 사람은 있으니 너무 인간관계에 연연하지 말자.

당신의 정서는 무엇인가요?

"뭘 해도 행복한 사람과 불만인 사람의 말버릇"이란 주제로 강연을 한 심리상담가님의 영상을 유튜브로 우연찮게 보게 됐다.

전체적인 내용이 좋았지만 궁금했던 주제와는 조금 다른 이야기에 더 마음이 갔다. "저는 정서가 슬픔인 것 같아요. 강의 끝나고 집으로 가면 항상 슬퍼요. 아동기 시절이 좀 많이 우울했던 것 같아요."

겉으로 봤을 땐 그저 멋진 커리어우먼인 것처럼 보였는데 어렸을 때 양육환경 속에서 받은 상처들을 사회적으로 인정을 받고 타인을 도와주는 전문직의 사람이 되었음에도 여전히 갖고 살아간다는 점에서 놀랐다.

정서란 국어사전에선 "사람의 마음에 일어나는 여러 가지 감정. 또는 감정을 불러일으키는 기분이나 분위기"로 상담학에선 "주관적 경험, 표출된 행동, 신경화학적 활동이 종합된 신체적·생리적 반응을 동반한 지속적인 감정"이라 뜻풀이를 한다.

내가 본 영상 속 심리상담가님이 말한 정서는 '각자만의 개성, 성격, 스타일을 말하는 것처럼 본인 특유의 감정'이라고 이해됐다.

곰곰이 생각해봤다. '나의 정서는 무엇이지?' 계속 파고들다 보니 '쓸쓸함'이라는 단어가 떠올랐다. 좋은 일이 생기든 힘든 일이 발생하든 늘 '쓸쓸함'이란 것을 느끼며 살아가는 듯하다.

어찌 보면 안 좋은 시선으로 볼 수 있지만 나는 나의 쓸쓸함 덕분에 차분함을 보다 잘 유지할 수 있고 글을 꾸준히 쓸 수 있는 원동력을 얻고 있다.

자기 자신을 한 단계 더 자세하게 이해하기 위해서 스스로에게 물어보는 것은 어떨까.

"당신의 정서는 무엇인가요?"

왜 사는 걸까?

약속 장소로 가는데 사람들이 저마다의 발걸음으로 어디론가 향하고 있다. 그리고 내 눈에는 음식을 서빙하는 직원분들, 꽃가게에서 핸드폰을 하며 손님을 기다리는 사장님, 무인도서관 기계에서 책을 빌리는 아주머니, 어딘가를 응시하며 무표정을 짓는 할아버지 할머니가 보인다.

이상하게 생각할 수 있지만, 문득 '우리는 왜 사는 걸까?'라는 궁금증이 들었다. 그저 태어났으니까 산다는 말로는 해소가 되지 않을 듯하다.

멋진 사람이 되려는 것도, 많은 부를 쌓으려는 것도, 좋은 이성을 만나 가정을 꾸리려고 하는 것도, 무엇인가를 이루고 인정받으려는 것도 도대체 왜? 뭐를 위해 그러는 걸까?

평소 나와 가장 많은 대화를 나누는 내가 왜 사는지에 대한 답을 쉽게 내릴 수 없다는 것이 좀 의아하다고 해야 할까.

계속된 고민 끝에 내린 결론은, '어차피 언젠간 떠나야 하는 이 세상에서 내가 가진 것으로 무엇인가를 남기고 간다면 후회를 덜하지 않을까?'였다.

열심히 살다 왠지 모를 공허함과 외로움을 느끼는 것, 무기력하게 하루하루를 버티는 느낌으로 살아가는 것이 어쩌면 '왜 사는 걸까?'에 대한 답을 내리지 못해서이지 않을까?

때론 단순함이 도움이 될 때도 있지만, 반대로 깊게 사색을 해보는 것이 좋은 영향을 보일 때도 있다.

"당신은 왜 사는 걸까요?"

좋은 생각의 힘

동기부여나 내면을 더욱 강하게 만들어줄 만한 것들을 찾아보는 걸 좋아하는 편이다. 근래 봤던 것 중 인상 깊었던 내용이 있어 전달하고자 한다. 바로 "좋은 생각의 힘"

A		B
'나 무시하나?'	생각	'많이 아픈가?'
짜증	감정	연민
쌀쌀맞게 군다	행동	걱정한다

우리는 살면서 수많은 상황을 맞닥뜨리게 되는데 그럴 때마다 어떤 생각을 하느냐에 따라 긍정 혹은 부정의 감정을 느끼게되고 그대로 행동을 취한다는 것이다. 여기서 중요한 것은 발생하는 그 일 자체가 아니라 내 생각에 따라 모든 것이 결정된다는

점이다.

나는 나를 긍정적인 사람이라고 생각하지만 가끔 어렸을 때 상처와 결핍, 예민함 때문인지 있는 그대로 보지 않고 내가 안 좋게 해석하고 싶은 대로 판단해버리는 경향이 있다. 그게 지금 당장 마음이 편안해지는 방법이기도 하니까. 허나 시간이 지나면 결국 좋지 않은 결과가 내게 돌아온다.

그래서 요즘은 또 그 증상이 나타날 때마다 스스로에게 '아 내가 지금 또 부정적으로 색안경을 끼려고 하는구나 여기서 내 인생을 위한 방법은 좋은 쪽으로 생각을 바꿔보는 것이겠네?'라고 말하며 인지를 시킨다. 인지를 하고 안 하고의 차이는 크다.

좋은 생각은 좋은 마음을 만들고, 좋은 마음은 좋은 행동을 하게 하며 좋은 행동은 좋은 일을 불러일으킨다. 결국 이것이 바로 선순환 구조.

사는 게 바쁘고 신경 써야 될 것이 넘쳐나겠지만 잠시 동안 모든 것을 멈추고 이 주제에 대해 깊게 생각해보는 시간을 가졌으면 한다. 삶을 살아가며 생각의 힘은 우리가 알고 있는 것보다 더 큰 힘을 갖고 있으니.

불안해서 오히려 좋아

내가 언제 가장 '불안'이라는 감정을 느끼는지 보니 "무엇인가를 계획했는데, 갑자기 변수가 생기는 경우"였다. 물론 '그럴 수 있지 뭐~, 흔한 일 아닌가?'라고 생각할 수도 있지만 내겐 그만큼 큰 스트레스를 주는 상황이 또 없다.

아마 '효율'이란 단어를 좋아하는 만큼 계획한 대로 딱 들어맞았을 때 '희열'이란 감정을 느끼기 때문이겠지. 불안이 찾아오면 갑자기 옛날에 좋지 않았던 기억들이 떠오르고 예민성이 높아진다.

그래서 어렸을 때부터 불안에 대해선 부정적인 감정이 컸었는데 나이가 들면서 작은 성취감들을 경험하고 상상만 하던 일들을 실제로 해나가면서 생각이 점점 바뀌었다.

그리고 최근 '불안한 사람이 성공하는 이유'라는 영상을 보게 됐는데 그동안의 내 생각을 대신 읽어주는 듯한 느낌을 받을 정도로 공감이 되는 내용이 많았다.

결론만 말하자면 불안이란 것은 '한 사람이 성장할 때 필요로 하는 것들 중 가장 좋은 자원이라는 것' 즉, 불안할 때 그 기분 자체를 부정적으로 여기지 말고 '아 내가 무엇인가 만족이 안되는구나 그럼 나는 어떻게 하면 내가 원하는 삶을 살 수 있을까'라고 생각하며 오히려 긍정적으로 내가 한층 더 업그레이드 될 수 있는 시기라 받아들일 수 있다는 것.

그래서 요즘은 불안이 찾아올 때마다 이렇게 외치곤 한다. "오히려 좋은데? 또 내 인생이 바뀔 때가 온 건가?"라고.

쉽진 않겠지만 사고 자체를 바꿀 수 있는 정신과 내면의 힘을 기른다면 정말 지금과는 다른 하루 그리고 인생을 맛볼 수 있을 것이다.

"불안해서 오히려 좋아"

지금 그대로도 괜찮아요

글을 쓴 것을 보고 연락을 주시는 분들이 있다. 공감이 된다거나, 위로를 받았다거나, 잘 보고 있다는 등 따뜻한 글들을 받을 때면 '왜 꾸준히 써야 하는지'에 대한 이유를 다시 한번 리마인드하게 된다.

요즘은 순간마다 떠오르는 것들을 주제로 잡고 글을 쓰는 편인데, 지금도 각종 플랫폼에서 '자존감'이란 키워드로 된 글과 영상들이 흔한 것을 보니 뭔가 하고 싶은 말이 생겼다고나 할까.

물론 그 내용들은 좋은 뜻이겠지만 왜 자꾸 '자존감을 꼭 높여야 한다고만 이야기하는지' 이해가 되질 않는다. 취지는 좋다고 하지만 그것을 보는 정신과 마음적으로 아픔을 겪는 분들을 또 다른 틀에 갇히게 만드는 것은 아닐까 우려되는 부분이 있다. 꼭 그렇게 해야만 한다고 강요하는 느낌?

주제넘을 수도 있겠지만 이 글을 보는 분들에게 해주고 싶은 말은 '지금 그대로의 당신도 충분히 괜찮다'라는 것이다. 우리가 무엇을 이루거나, 가져야 하거나, 소속되려는 욕구에서 한발 물러나 있는 그대로 나를 바라보면 한 사람 개개인 모두 너무나 소중한 존재라는 것을 알 수 있을 것이다.

'시간은 유한하다'라는 것을 인지하는 것만으로도 지금 전하는 뜻을 이해하기엔 크게 어려움이 없을 것이다.

모든 상처의 치유 첫 번째는 "지금 내 모습도 충분히 괜찮아"라고 스스로에게 외치는 것이다. 내가 나의 모습을 있는 그대로 받아들이지 않는 것만큼 자신을 괴롭게 하는 것은 또 없으니.

"지금 그대로도 괜찮습니다, 괜찮아요"

감정을 지울 수 있다면?

예전, '무한도전'이란 프로그램을 매번 챙겨보진 않았지만 그래도 좋아하는 예능 중 하나였다. 기억에 남는 편이 여러 개 있는데 그중 "나쁜 기억 지우개" 특집이 유독 더 여운이 깊었다.

처음엔 멤버들이 자신의 이야기를 털어놓고 상담을 받았고 이후 사람들을 직접 만나 사연을 들으며 대화를 나누고 안 좋은 기억을 노트에 적은 후 지우개로 지우는 것까지의 과정이 담겨있다.

누군가 내 얘기를 진심으로 경청해준다는 느낌을 받는 것만으로도 큰 위안이 되지만 실제로 본인의 나쁜 기억을 쓰고 없애는 행위는 더 괴로움에서 자유로워지는 경험을 하게 해주는 듯하다.

이런 생각을 했다. "과연 우리가 느끼는 수많은 감정 중 단 하나만 지울 수 있다면? 무엇을 선택할까?"라고. 한참을 고민하다 떠올린 것은 바로 '미움'이었다.

내가 가장 기분이 좋지 않을 때가 언제인지 돌이켜보니 '힘든 일이 들이닥쳤을 때, 몸이 아팠을 때, 계획했던 일이 틀어졌을 때 등'과 같은 것들보단 '누군가를 미워하는 감정을 느낄 때'였다.

나는 그 감정이 정말 싫다. 매일을 웃고 행복하면서 살아갈 수는 없겠지만 그래도 미움을 마음속에 품으면서 보내는 그 시간들이 아깝다. 시간이란 되돌릴 수 없는 유한한 것이니 더더욱.

그래서 요즘은 '미움'이 느껴지려고 하면 '아 그럴 수도 있겠다,

틀린 게 아니라 다른 것이지'라는 문장을 항상 떠올린다.

다가오는 삶에서도 세상을 따듯하게 바라보는 시선을 잃지 않을 것이다. 그리고 좋은 감정들을 느끼면서 살아갈 것이다. 이 글을 읽는 당신도 그러했으면 한다.

"만약 감정을 지울 수 있다면 무엇을 지우시겠습니까?"

표현의 부재

"새삼 느끼는 건데 나 너 진짜 사랑하나 봐"
"내가 많이 좋아해"
"나 힘들어, 아파"
"보고 싶어 지금 갈까?"
"나 좀 쉬면 안 될까?"
"저한테 왜 그러세요 제가 알아서 할게요"
"선 넘지 마세요, 적당히 하시죠"
등

언젠가부터인지 모르겠지만 '행복한 사람과, 행복을 느끼지 못하는 사람의 차이는 뭘까?'에 대한 궁금증을 해결하고 싶었다.

그때부터 사람들을 더 면밀히 관찰했는데, 정확하다고 말할 수도 없고 무슨 자료를 수집한 것도 아니지만 그저 내가 보고 느낀 것을 글로 풀어보고자 한다.

일단 사람은 개개인의 사정과 상황 그리고 환경이 모두 다르기에 그 부분에 대해서는 제외한 후 이야기를 하고자 한다. 영향이 없다는 것은 아니니 오해는 말길.

결론부터 말하자면 "떠오른 생각과 느껴지는 감정을 있는 그대로 표현하는 사람과 그렇지 못한 사람의 행복감의 차이는 꽤 크다는 것"

나는 이렇게 말하고 행동하고 싶은데 마음과 다르게 하는 사람들의 표정은 어떤 말로도 설명할 수가 없다. 반대로 자신의 솔직한 표현을 자유롭게 하는 사람은 '사랑스럽다, 멋지다'라는 등의 반응을 이끌어내기도 한다.

상대에게 피해를 줄 정도의 선을 넘는 과한 표현은 이에 해당되지 않으니 참고.

어떤 상처와 아픔을 갖고 있는지, 어떤 환경 속에서 누구와 관계를 맺고 있는지에 따라 모두 다르겠지만 이거 하나는 꼭 기억했으면 한다.

'처음부터 표현을 잘하는 사람은 없고, 연습한다고 생각하면서 해야 조금씩 자연스러워진다는 것'

나조차도 아직 사랑과 관련된 표현에 대해선 미숙하고 어려워하는 듯하다. 그래도 점점 좋아질 것이라 생각하고 해보려 한다.

"당신은, 떠오르는 생각과 느껴지는 감정을 잘 표현하고 계신가요?"

달력 마지막 장

세계여행을 다녀오고 나서부터 달력에 일정을 기록하는 습관이 생겼다. 평소 좋아하는 명언이나 글귀를 써놓고, 하루를 시작하고 마무리할 때마다 보곤 한다. 어떤 달은 스케줄이 꽉 차있고 어떤 달은 적혀있는 것이 별로 없기도 하다.

한 해 마지막이 되면 1월부터 그 시점까지 어떻게 무엇을 하며 살아왔는지를 체크하는데 1년 동안 해왔던 것들이 주마등처럼 머릿속에서 스쳐 지나간다. '아, 올해도 열심히 살았구나'

충분히 돌아보는 시간을 가진 후 달력을 끝까지 넘기면 기본색 배경의 마지막 장이 나오는데 거기다 소감을 적는다. 짧게 쓸 때도 길게 적을 때도 있다.

2022년… 뭐라고 써야 하지… 음… 생각을 하다 정리가 끝났고 이렇게 썼다. '내 인생에서 처음으로 안정감과 행복감을 동시에 느끼는 한 해이지 않을까 싶다. 그동안 불안정함을 갖고 살았었는데 올해는 그런 것 없이 정말 잘 살았다. 지금 이 감사함을 잊지 말고 더 나아가자'라고.

불과 몇 년 전 마지막 장에는 '불투명한 미래가 조금은 걱정된다'라고 적었던 것 같은데… 감회가 새롭다.

올해는 또 어떤 일들로 1년을 채워갈지, 이후 마무리하는 시점 글을 어떻게 쓸지 기대된다. 조금 더 희망차고 긍정적인 메시지를 쓸 수 있길 바라며.

"한 해의 마지막을 글로 써야 한다면 무엇을 쓰시겠습니까?"

흔적

설날이다. 보통 2월인 것 같은데 올해는 1월 말. 이번 연휴엔 부모님 집에서 오래 머물 생각이라 본가를 가기 전 자취하는 공간을 깨끗하게 청소했다. 그냥 가도 될 터인데 성격 자체가 어지럽혀있는 것을 보지 못하기에…

명절 선물로 무엇을 해드릴까 고민하다 홍삼을 샀다. 버스를 타고 이동했는데 다들 고향으로 가서인지 교통체증이 심했다. 도착해서 늘 그렇듯 전을 부치고 그동안 어떻게 지냈는지 근황에 대해 이야기를 나눈다.

어렸을 때는 기름냄새가 많이 나기도 하고 일거리가 많아 싫어했던 것 같은데 지금은 왜 이 모든 것들이 좋게 느껴지는 걸까. 나이를 먹어갈수록 가족이 모이는 이 시간들이 더욱 소중하게 느껴진다.

큰누나가 키우는 애완견인 제로, 이리저리 돌아다니며 재롱을 떠는 모습을 지켜보고, 함께 맛있는 음식도 해먹고, 부모님께 세배도 드리고, TV에서 해주는 특선영화도 같이 보면서 마음이 편안해졌다. 오랫동안 기억하고 싶은 한 장면이랄까.

행복한 시간을 보내고 누나와 제로도, 형도 본인들의 집으로 돌아갔다. 계속 먹고 자고 해서 그런지 잠이 들어도 새벽에 깼다. 화장실을 들렀다 부엌으로 가서 물을 마시는데 어두컴컴하고 조용한 그 순간에서 왠지 모를 쓸쓸함이 느껴지며 '흔적'이라는 단어가 머릿속으로 떠올랐다.

사랑하는 부모님, 함께 웃고 떠들던 이 공간, 누나들과 형. 제로까지 영원하지 않다는 사실이 조금은 슬프게 다가왔달까. 바꾸지 못하는 것은 받아들이는 것이 맞다. 순리를 인정하고 함께 보낼 수 있는 이 시간들을 더 값지게 써야지. 그래야지.

밥솥에 밥이 그대로 있더라

자취를 시작하고 자주는 아니더라도 주기적으로 부모님과 식사하는 시간을 갖는다. 내가 지내는 곳으로 와주실 때도 있고 본가로 찾아뵈러 갈 때도 있다.

함께 식사를 하다 어머니께서 말씀하셨다. "도영아 예전에 너희들이랑 다 같이 살 때는 아침에 밥을 해놓고 출근을 하면 퇴근했을 때 없어서 다시 짓고 그랬는데, 요즘은 아버지랑 둘만 지내니까 밥이 그대로 있을 때도 많더라, 그때 우리 아들딸들이 다 컸다는 사실을 실감하곤 하네"

당연한 일이긴 하지만 어머니의 말씀 속에 쓸쓸함이 느껴져서 조금 슬펐다. 서로 다투기도 했지만 도와가며 다 같이 살았던 게 얼마 안 된 것 같은데 이제 모두 각자의 보금자리에서 일상을 보낸다는 사실이 시간이 너무 빠른 것 같기도 하고 참…

본가로 찾아뵐 때 직접 요리를 해드리곤 한다. 어머니가 해주신 밥을 매일 먹지는 못하는 나이와 상황이 됐지만, 이제는 아들이 직접 요리를 해드릴 수 있을 만큼 컸다는 것을 알려드리고 싶었다. 그것이 조금이나마 어머니에게 위안이 되길 바라는 마음으로.

감사합니다 그리고 사랑합니다.

최악의 상황에서 힘을 주는 사람들

가끔 아무것도 하지 않고 가만히 앉아 그동안 살면서 내가 겪었던 힘든 일과 행복했던 순간이 언제였는지 되돌아보곤 한다. 너무 앞만 보고 달려가는 내게 어떤 삶을 살아왔는지 리마인드 시켜주기 위해서라고 할까.

여러 일들이 머릿속에서 떠올랐는데 목소리를 잃은 시기가 무릎 수술을 했을 때보다 더 힘들지 않았나 싶다. 세계여행과 프로젝트를 하기 위해 떠나기 전 대학병원 담당 의사선생님께선 가면 안 된다고 말리셨지만 그 당시 도전하지 않으면 평생 하지 못할 것만 같은 기분이 들어 약을 3개월 정도 치 받고 출발했다.

시간이 흐를수록 상태는 더 악화됐고 나중엔 쉰 소리만 날 뿐 예전 목소리는 사라져버렸다. 그렇게 귀국을 해서 원래 다녔던 병원을 갔는데 의사선생님께선 여태까지 어떻게 버티고 생활했냐며 혼을 내셨고 바로 수술 날짜를 잡자고 하셨다.

내가 받아야 하는 수술은 성대에 붙어있는 바이러스 종양을 떼어내야 하는데, 기존 성대를 도려내야 하기 때문에 성공적으로 끝난다고 해도 예전 목소리로는 돌아갈 수 없고 최악의 경우 정상적으로 나오지 않을 수 있다고 했다.

스스로의 의지로 결정한 일이었기에 온전히 내 책임이었지만 받아들이긴 쉽지 않았다. 하지만 내게 결정권은 없었다. 방법이 수술밖에 없었기에…

첫 수술을 마치고 3개월 동안 침묵을 지키며 음성치료 및 재활을 이어갔지만, 추후 경과가 좋지 않아 재수술을 받았다. 1년 동안 같은 곳을 두 번 수술을 받는다는 것은 정신적으로도 신체적으로도 많이 지치고 힘든 일이다.

그렇게 세상이 부정적으로만 보이던 시기, 가족을 비롯한 친한 지인들도 많이 도와줬지만, 대학병원 여선생님 한 분과 간호사님 한 분께서 특히 내가 긍정적인 생각을 할 수 있도록 옆에서 좋은 말들을 많이 해주고 할 수 있다고 이겨낼 수 있다고 해보자고 용기를 북돋아주셨다.

그 말들이 차곡차곡 쌓여 내게 좋은 기운을 줬기에 낮은 퍼센트를 극복하고 예전 정도는 아니지만 일상생활과 말하는 일을 할 때 큰 불편함 없이 활동할 수 있게 됐다. 정기검진을 하러 병원을 방문할 때면 예전 이야기를 많이 주고받는다. 이제는 웃으면서 대화를 할 수 있지만 당시엔 정말 힘들었다.

'선생님 그리고 간호사님 두 분 덕분에 최악의 상황 속에서 작은 희망을 볼 수 있었어요. 저도 누군가에게 '그런 좋은 영향을 줄 수 있는 사람'이 되도록 노력할게요. 잊지 않고 항상 감사하면서 살아갈게요 늘 건강하고 행복하세요'

4부

20대 그리고 경제관념

돈에 대하여

부를 위해 버려야 될 고정관념

부자 아빠 가난한 아빠를 세 번째 완독하면서 경제적 자유로 가기 위한 구체적인 방법과 앞으로의 방향성을 조금이나마 알게 된 듯하다, 갈 길이 멀지만. 모든 내용을 설명하기엔 너무 많고 직접 읽어보길 권한다.

가장 인상 깊었던 것은 바로 "봉급자나 전문직으로 살아갈 생각을 하지 말고 일자리를 제공할 수 있는 사람이 되어야 한다"는 글이었다.

처음엔 이게 무슨 소리지? 싶었다. 우리나라는 어렸을 때부터 대기업과 공무원 등 손꼽히는 곳에 취직을 하거나 의사, 변호사, 검사 등 '사'자가 들어간 전문직을 해야 인생이 보다 좋아질 것이라는 교육을 했기에 더욱 이해가 되지 않았다.

허나 3번 정도 책을 완독하니 무슨 말을 전하려고 하는지 알게 됐다. 부를 이루기 위해선 좋은 직장을 가거나 직업을 얻기 위해 공부를 하고 시간을 투자하는 것이 아닌 '경제와 금융에 대한 지식과 힘'을 갖춰야 한다는 뜻이었다. 이 부분이 현실적으로 이해하기 어려울 수 있지만 변화해야 한다고 말했다.

봉급자와 전문직은 벌이가 한계가 있지만 일자리를 창출해내려 하는 사람의 잠재력은 끝이 없다고도.

유년시절부터 교육을 받았던 고정관념이기에 한순간에 생각과 태도 그리고 행동을 바꾸긴 어렵다는 것을 잘 알지만 이 사실을 '인지와 이해'했다는 것만으로도 큰 수확이다.

올해 부와 관련된 책과 영상을 지속적으로 많이 보고 실제로 부를 이룬 대표님들과 대화를 나눠봤는데 가장 강조하는 것이 바로 사고방식 자체를 바꿔야 한다는 것이다. 그 첫 번째가 바로 고정관념을 버려야 한다는 것.

이제 막 걸음마를 뗀 아기와 같지만 그래도 미래가 기대된다. 무엇보다도 과정이 재밌다. 앞으로 종종 부와 관련된 나의 과정들을 기록하며 그 이야기를 나눌 생각이다. 왜 더 빨리 알지 못했나에 대한 아쉬움보단 이제라도 깨닫고 살아갈 수 있음에 감사하자.

두 가지의 선택지

2021년 10월부터 지금까지 예상했던 것보다 훨씬 자산을 빠르게 늘려가고 있다. 항상 한계와 우여곡절 속에 무엇인가를 뛰어넘는 어려운 경험을 주로 했어서 그런지 안정감과 편안함을 느끼는 하루하루가 좀 어색하다고 해야 하나. 그저 감사할 뿐이다.

지난 3개월 정도 매일매일 내게 묻고 답했다. 이대로 하나씩 파이프라인을 늘려 고정수입을 더 만들면서 '에어비앤비를 시작으로 꾸준한 출간 그리고 요식업까지 쭉 도전을 해나가고 싶은지? 아니면 한 번 더 인생을 바꿀만한 '무엇인가'를 해볼 것인지?'에 대해서 말이다.

돈에 대한 기준은 모두 다르지만 내가 바라보는 시점에선 단기간에 많이 벌고 모았다. 자랑하고 싶은 것이 아니라 불과 몇 년 전만 해도 '어디 회사를 들어가지? 라고만 생각하고 취업을 준비하던 나였는데, 지금은 어떻게 해야 자산을 빠르게 구축해나갈 수 있는 거지?'에 대한 생각을 하고 있는지 그 이유를 설명하고 싶어서.

돌이켜 분석을 해보니 '평범하지 않은 도전 그리고 일들을 했던 경험과 결과들이 내 몸값을 높여주고 나를 필요로 하는 사람들을 만들어주었다'로 정리할 수 있을 듯하다.

과연 내가 그저 그런 하루들만 보내려고 했다면 '책을 출간하고, 강연을 하고, 상상하지 못했던 금액을 받으며 촬영을 하고, 지금처럼 많은 수익을 얻을 수 있었을까?' 아니라고 생각한다.

모두 이렇게 살아야 한다고 말하는 것이 아니다. 내가 대단한 위치에 있다는 것도 아니고. 나는 어딘가에 소속되어있는 것을 별로 좋아하지 않고 '내가 무엇인가를 만들어가고 그것을 성공시켜내는 과정' 속에서 희열과 살아있음을 느낀다. 곧 행복하다는 뜻.

정말 많이 고민했는데 '하지 않을 이유'가 전혀 없었다. 자신도 있고 내 인생이 어디까지 바뀌는지 몸소 테스트를 해보고 싶은 마음도 크다. 그래서 나는 한 번 더 리스크를 감수하고 도전하는 것을 선택했다. 그 도전이 무엇인지 궁금하다면 나의 행보를 지켜보길 바란다.

이 글이 읽는 이에게 어떻게 다가갈지는 모르겠으나, 나와 비슷한 생각과 결을 갖고 있는 사람에게 조금이나마 좋은 영향을 주길 소망한다.

"당신은 지금 당신의 선택에 만족하시나요?"

열심히만 살아서는 안 되는 이유
(자본주의에서 살아남기)

자기 전 앞으로의 고정소득을 계산했다. 이후 추가적으로 유튜브를 출연하는 것을 제외하고 이미 만들어놓은 파이프라인으로만 올해 12월 기준, 목표치 시드머니를 넘어섰다.

"정말 생각만 바꿨을 뿐인데, 끌어당김의 법칙을 느끼는 중이다"

나는 그동안 정말 열심히 살았다. 20대를 되돌아봤을 때 하고 싶은 걸 모두 했다. 후회가 전혀 없다. 나를 제대로 아는 지인들은 내게 가끔 "도영아 너 꼭 미친 것 같아, 왜 그렇게 열심히 사냐 좀 쉬면서 해, 넌 진짜 한다면 하는구나"라고 말하곤 한다.

그렇게 항상 '열심히, 열심히, 열심히'를 외치던 내가 "열심히 만 살아서는 안 되는 이유"에 대해서 설명하고자 한다. 아, 여기서 오해하면 안 되는 점은 '열심히, 성실, 노력, 꾸준함, 공부'는 기본 베이스이니 따로 언급하진 않겠다. 이런 기본적인 것조차 스스로를 컨트롤하지 못한다면 부를 쌓을, 성공할 자격이 없는 것이다.

자본주의와 경제에 대해 공부를 제대로 시작한 지 이제 1년이 좀 지나간다. '돈, 성공, 자수성가, 심리, 부자, 청년사업가, 투자'라는 키워드와 관련된 책, 영상, 글을 볼 수 있는 대로 보고 있다. 아직 갈 길이 멀지만, 공통적으로 가장 중요하게 말하는 것이 "시간을 효율적으로 사용해야 한다, 적게 일하고 많이 벌 수 있는 시스템을 만들어라"였다.

처음엔 이해가 되지 않았지만, 계속 인풋을 하면 할수록 방법을 알고 그대로 생각하고 실행하면서 점점 바뀌는 내 삶을 몸소 체험해보니 어떤 의미인지 확실히 깨달았다.

최근에 내가 경험한 한 예를 들어보겠다. 나는 현재 영상을 제작해주거나 유튜브 관리를 대신해주는 노동소득으로 주 수입을 만들었다. 프리랜서로 출연하는 것과 책 인세는 고정적이지 않으니 제외하고.

이 상황에서 건당 25~30만 원의 영상 외주 의뢰가 들어왔다. 5분 정도로만 만들어주는 홍보 관련된 콘텐츠였고 월 6개 이상 자료를 제공해준다고 했다. 좋은 기회고 오래갈 수 있는 회사였지만 현재 이미 올해 목표 시드머니를 모두 마련했고, 나머지 시간에 세 번째 책과 내년 유튜브를 준비해야 하기 때문에 비는 타임이 없었다.

평소 같았으면 거절을 했겠지만 순간적으로 "어 이 회사는 편집자를 필요로 하고, 내가 아는 편집자는 고정적으로 일거리를 받을 수 있는 회사가 필요하고, 이거 연결해주면 수익이 나올 수도 있겠는데?"라는 생각을 했다.

이 사고가 포인트다. '자본주의에 대한 이해가 없었을 때는 그저 지나쳤을 상황인데, 이제는 일상 속에서도 돈 버는 방법을 찾게 되는 것'

모든 것을 말하자면 책 1권을 또 써야 할지 모르겠다. 그건 추후 경제적 자유를 이룬 후로 미루고, 아직 나도 부족한 점과 모르는 부분이 많아 더 공부를 하고 노력해야 한다.

누군가는 나를 "아직 부자도 아니면서 왜 저래? 쟤 뭐야 지 혼자 잘났어? 잘난 척하지 마"라고 말할 것이고, 또 다른 누군가는 "나도 저 사람처럼 해봐야겠다"라고 말할 것이다. 나는 나를 잘 모르는 사람이 하는 말을 잘 안 듣는다. 모든 것은 본인의 선택에 달렸다.

나를 알고, 타인을 알고, 세상이 어떻게 돌아가는지 알아야 심적으로든 경제적으로든 자유를 얻을 수 있고 자신이 원하는 삶을 살아갈 수 있다.

마지막으로 최근 내게 가장 큰 영감을 준 글귀를 남기며 오늘은 이만 쓰겠다.

"우리의 시작이 우릴 정의하더라도, 매일의 선택으로 달라질 수 있다"

아무것도 없다는 것은
모든 것을 가진 것과 같다

언제인지 기억은 나지 않지만 휴대폰을 하다 이 글귀를 보게
됐다.

"아무것도 없다는 것은 모든 것을 가진 것과 같다"

처음엔, 이게 도대체 뭔 소리지? 아무것도 없는데 뭘 모든 것
을 가진 것이랑 같다는 거지? 라는 물음이 계속됐다. 한동안 이
생각에 빠져있을 정도로 답을 찾고 싶었다.

하나에 꽂히면 끝까지 파고드는 습성이 있어서인지 스스로가
피곤하게 느껴질 때도 있지만 항상 결론을 내서 좋다. 내가 이해
한 것을 설명하자면, 이 글을 좋지 않게 보면 '아무것도 없는데
어떻게 뭘 가질 수 있겠어'라고 생각하겠지만, 반대로 긍정적인
면을 보자면 말 그대로 '아무것도 없기에 틀에 갇히거나 무엇인
가를 잃어버릴 두려움이 없어 모든 것을 가질 수 있는 시도를 해
볼 수 있다'였다.

여기서 내가 중점으로 생각하는 부분은 바로 '시도'

우리는 삶이 평탄하거나 크게 불편한 게 없으면 변화를 시도하는 것을 그다지 좋아하지 않는다. 사람마다 다르겠지만 대부분이 그렇다. 또한 성장할 수 있는 기회를 찾거나 잡을 수 있지만 현재 내가 가진 것을 잃어버리거나 지금보다 안 좋은 상황이 될까 봐 실행을 두려워한다.

그러면 결국 멈춰있거나 도태되거나.

어린 시절 품었던 그 순수한 마음을 유지하거나 되살려야 한다는 현실과 동떨어진 말을 하고 싶진 않다. 다만, 훗날 생을 마감하는 순간을 떠올렸을 때, 떠나면 사라질 것들 때문에 주저하는 자신의 모습 그리고 마음먹은 대로 모든 것을 시도해보고 부딪쳐본 스스로를 바라봤을 때 어떤 것이 덜 후회되는 선택이었을지를 생각해봐야 되지 않을까?

삶이든 돈이든 뭐든지 마음가짐이 첫 시작이다. "아무것도 없다는 것은 모든 것을 가진 것과 같다" 이 글귀를 곰곰이 생각해보고 각자 본인에게 맞는 결론을 내리는 시간을 가져보길.

조금 더 빨리 알았더라면

호주에서 워킹홀리데이를 할 때 열심히 일했다. 중간에 3시간 정도 자고 45시간 근무를 했던 적도 있고 몇 개월 정도는 주 7일 하루 두 탕을 뛰며 쉼 없이 노동을 했다. 그때 처음으로 생활비 (숙박비, 식비, 교통비, 의료비, 용돈 등)를 스스로 해결했다.

한국에서는 부모님이 제공해주신 방에서 잠을 자고, 차려주신 음식을 먹고, 용돈을 받으면서 감사함보다는 당연하다는 인식을 갖고 있었다. 하지만 2주마다 내는 집세, 마트에서 가격을 따져보고 사는 식재료, 매달 청구되는 교통비, 몸이 아파 방문했던 병원, 지인과의 약속을 쉽게 나갈 수 없는 상황들과 마주하면서 '아 당연한 것들이 아니었구나'라는 것을 깨달았다.

여기서 감정적인 것을 잠깐 배제하고 '돈'적으로만 이야기를 풀어가자면, 부모님과 지낼 수 있는 것은 사실 생각보다 더 큰 특권이자 시드머니를 모을 수 있는 가장 좋은 기회라는 것이다.

부모님이 계시지 않아 홀로 고군분투를 하는 청년들도 많을뿐더러, 첫 직장생활을 시작하고 몇 년 동안 자취를 권하시지 않고 본인들의 집에서 생활할 수 있도록 배려해주시는 부모님과 산다는 것은 쉽지 않은 일이기 때문에.

나도 이 사실을 조금 더 빨리 알았더라면 더 효율적으로 돈을 관리하면서 부모님에게도 감사함의 표시를 하며 살지 않았을까 싶다.

시드머니를 모을 때 가장 중요한 것은 고정으로 지출하는 소비를 최대한 줄이는 것이다. 이 글을 보고 "아니 그럼 무슨 거지처럼 살라는 거야? 젊음은 다시 오지 않는데 왜 아끼면서 살아야 하지?"라는 조금은 극단적인 생각을 하는 사람도 있을 것이다.

뼈 때리는 말을 하자면, 스스로가 금수저 집안 자녀가 아니라고 생각이 든다면 지금 그렇게 의미 없이 소비하다간 훗날 부끄럽거나 창피한 순간들을 보다 더 자주 맞이할 것이다.

소비 통제는 처음이 어렵지 그 이후부터는 습관으로 자리 잡히기 때문에 수월하다. 그리고 세상살이 당연한 것은 절대 없다. 부모님께 작은 선물이라도 드리고 함께 지낼 수 있을 때 돈을 잘 관리하자. 그러면 시간이 지나 홀로서야 하는 순간이 찾아올 때 그 시드머니가 큰 힘이 될 것이다.

의미 없는 인간관계는 조용히 정리하자

돈! 돈… 돈, 돈!! 도온… 이놈의 돈 얘기 좀 그만하면 안 돼? 먹고살기도 빠듯한데 숨은 좀 쉬고 살자…

다들 한 번쯤은 해봤을 법한 말이지 않을까 싶다.

하지만 생각보다 우리의 인생은 길고 돈이 있다고 행복한 것은 아니지만 없으면 불행한 것은 맞다. 그렇기 때문에 감추거나 숨길 것이 아니라 오히려 대화로 나눠야 하는 주제라고 생각한다.

만약 누군가 내게 "20대 초중반 친구들에게 돈과 관련된 조언을 한다면 어떤 말을 해주고 싶은가요?"라고 묻는다면,

내 대답은 '의미 없는 인간관계는 조용히 정리하세요'

혼자 살라는 뜻도 아니고 곁에 아무도 두지 말라는 것도 아니

다. 정말 말 그대로 의미 없는 인간관계는 정리해야 한다는 것이다. 티 나지 않게 조용히. 적을 만들 필요는 없으니.

프로듀서이자 가수 박진영은 어느 인터뷰에서 이런 말을 했다. "인맥 쌓으려고 하지 마세요. 차라리 그 시간에 본인 건강을 챙기면서 실력을 키우세요. 영향력이 커지면 자연스레 사람들이 찾아와요. 그럼 그때 서로 도와주는 것이 제가 생각하는 인맥이에요. 사람은 본래 이기적이기 때문에 자신에게 도움이 되지 않으면 찾질 않아요."

한 분야에서 최고를 찍고 많은 것을 가진 사람이기에 그가 주는 울림이 컸다. 평소 공감하는 부분이기도 했고. 대학을 입학하든 하지 않든 보통 20대가 넘으면 사회생활을 시작한다. 본의 아니게 맺게 되는 관계나 무리가 생기는데 철저히 본인만 생각해서 큰 의미 없는 사람들은 만나지 않는 것이 좋다. 불필요한 지출을 막을 수 있는 좋은 방법이기도 하니까.

그리고 타인은 내게 생각보다 더 관심이 없고 인생을 살면서 소수의 내 사람만 곁에 있어도 충분히 행복하기에.

바쁘겠지만 잠깐 시간을 내서 이 주제에 대해 깊게 사색해보는 시간을 가졌으면 한다. 30대가 되기 전에 알고 살아가면 큰 자산이 될 것이니.

'왜 이런 일이'가 아닌 '어떻게 하면'

안 좋은 상황이 발생했을 때 '왜 이런 일이 내게 생겼을까'라는 생각을 한 번쯤은 다들 해봤을 것이다.

경제적 자유를 이루고 싶다는 꿈을 갖고 공부를 하며 지식이 쌓여갈수록 이미 부를 이룬 사람들의 공통된 메시지가 있었는데, 그중 하나가 '어떻게 하면'이라는 말을 많이 한다는 것이었다.

우리는 삶을 살아가며 다양한 문제들과 마주하게 되는데 그럴 때마다 '왜 이런 일이 내게 생겼는지에 대해 신세한탄을 하기보단, 어떻게 하면 현재 이 상황을 벗어날 수 있지 그러기 위해서 내가 지금 당장 할 수 있는 일은 뭐지?'라고 사고를 전환시킨다는 뜻.

그건 남 얘기라서 쉽게 말하는 것이 아닌가? 생각할 수 있다. 나도 받아들이기 힘든 일들이 들이닥치면 순간적으로 부정적인 감정이 치밀어 오르기도 하니까. 하지만 이 마인드에 대해 이해를 하고 있으면 조금 지나 방법을 찾기 시작한다는 것이다.

어떤 식으로든 도태되거나 무너지는 것을 예방할 수도 있고 조금 더 긍정적으로 내 삶의 방향을 찾아간다고나 할까?

이 메시지를 나의 해석으로 풀어보자면,

'왜 이런 일'이라는 생각을 가졌을 땐 그 상황을 부정적으로 바라볼 수밖에 없고 나아가 이겨낼 힘조차 낼 수 없지만, 반대로 '어떻게 하면'이란 생각을 가졌을 땐 해결방법을 찾으면서 '이 계기로 내가 배우거나 얻을 수 있는 것은 뭐지? 내 인생의 또 다른 이야깃거리가 생기겠구나'라고 말하며 위기를 기회로 바꿀 수 있는 힘을 낼 수 있다.

공감이 되는 사람도 말도 안 된다며 비판하는 사람도 있을 것이다. 난 타인에게 내 생각을 강요하고 싶은 마음이 전혀 없다. 인생은 정답이 없는 게 사실이니까. 다만, 내가 느낀 것을 글로 풀어낼 뿐이다.

가계부를 써야 하는 이유

경제와 관련된 책을 읽고 영상을 보고 기사를 찾아보면서 돈을 모으기 위해 가장 중요한 것은 바로 '돈을 통제하는 힘'을 길러야 한다는 것이다. 통제에 대한 사전적 의미를 간단하게 풀어내자면 "일정한 방침이나 목적에 따라 행위를 제한하거나 제약함"이라고 한다.

돈을 기준으로 두고 뜻을 접목시켜보자면 '목적'이란 것은 시드머니 즉, 목돈을 모으기 위한 목표를 말하는 것이고, '행위를 제한하거나 제약한다'는 것은 소비로 비유할 수 있을 듯하다.

결국 이미 부를 쌓은 이들이 전하고자 하는 메시지는 무작정 쓰는 것이 아니라 목표를 설정하고 그에 맞게 소비를 해야 한다는 뜻.

나도 진지하게 시드머니에 대한 생각을 하기 전에는 별생각

없이 돈을 썼다. 학생 때는 부모님께 용돈을 받았고 가끔 아르바이트를 하며 갖고 싶은 것을 사거나 가고 싶은 곳으로 여행을 떠났다.

가계부는커녕 계좌에 얼마가 남았는지 체크도 제대로 하지 않았으니 어떤 상태였는지 짐작이 될 것이라 생각한다.

하지만 경제적 자유를 이루고 싶다는 목표를 갖고 나서부터는 소비패턴이 완전히 달라졌다.

먼저 달에 현실적으로 벌 수 있는 고정소득을 계산했고 자동으로 빠져나가는 고정지출 및 예상되는 변동지출을 적었다. 정리를 해서 작성하다 보면 생각보다 남는 돈(고정소득-고정지출+변동지출=남는 돈)이 많을 수도 적을 수도 있는데, 여기서 우쭐대거나 좌절할 필요도 없고 중요한 것은 자신의 상황에 맞는 목표를 설정하는 것이다.

정리를 하고 나서 현실적으로 매달 저축할 수 있는 금액을 정했고, 저축금액+고정지출을 제외한 나머지 금액을 변동지출로 사용했다. 예전엔 사고 싶은 걸 사고 먹고 싶은 걸 먹고 하고 싶은 것들을 그냥 했다면 목표를 정하고 나서부턴 달에 사용할 수 있는 액수 안에서 소비를 하게 됐다.

3개월 정도는 '돈 버는 것도 힘들어 죽겠는데 꼭 이렇게까지 살아야 되나?'라는 생각이 머릿속에서 계속 맴돌지만, 그 이후부터는 적응이 되고 오히려 변동지출로 사용할 금액을 줄이고 저축액을 늘리는 경우도 있었다.

추후 자세하게 설명하겠지만 변동지출액이 너무 적다는 생각이 크게 들면 저축액을 줄일 수는 없으니 고정소득이나 불규칙소득을 늘리는 방법을 찾게 된다. 꾸준히 공부하고 시간을 투자하면 부업으로 할 수 있는 일들이 정말 다양하다. 주말을 활용해서 할 수 있는 일들도 많고.

나는 핸드폰 메모장을 활용해서 가계부를 작성하는 것을 좋아하는데, 사람마다 모두 다르니 자신에게 맞는 방법으로 써 내려가길 바란다. 쓰기 전과 후가 얼마나 달라졌는지 이미 많은 사람들이 증명했으니 괜한 불신을 갖지 말고 일단 실행하자.

가치를 제공하게 되면 발생하는 일

가끔 스크린과 빔프로젝터를 설치해서 영화를 본다. 휴대폰이나 TV로 시청할 때와는 다른 느낌을 주는 것이 좋달까. 그날도 맥주와 팝콘을 사서 보고 있는데 스피커를 노트북으로 떨어뜨렸다. '아⋯ 이거 좀 일난 것 같은데'

확인해보니 액정이 파손되어 있었고, 작업을 못 하게 되면 일이 밀리기 때문에 곧바로 수리업체를 찾았다. 한성노트북이라먼저 AS센터로 문의를 했고, 네이버 후기와 추천을 보고 괜찮은업체 몇 군데에 전화를 했다.

알아보니 성남에 위치한 '노트북액정수리 전문업체'가 제일 신뢰도 가고 사람들이 남긴 글들이 와닿았다. 예전 같았으면 방문시간을 예약하고 '할인받는 방법이 없을까?'를 떠올렸을 텐데, 순간 "유튜브를 운영하는 곳이던데 후기 영상을 만들어주면서 비용을 내지 않고 수리를 맡겨볼까?"라는 생각이 들었다.

될지 안될지 불투명했지만 일단 시도해보고 싶었다. 왜인지는 모르겠지만 될 것 같은 느낌이 강해서?

방문하기 전에 전화로 현재 파손된 상황을 설명했고, 유튜브 경력이 많고 좋은 결과들을 모아놓은 포트폴리오가 있는데 혹시 후기 영상을 만들어주고 운영팁을 알려주는 대신 무료로 액정을 수리할 수 있는지 여쭤봤다.

사장님께서는 일단 만나서 이야기를 나눠보자고 했고 정해진 시간에 맞춰 출발했다. 처음 이야기를 나눌 땐 긴가민가한 반응이셨는데 결과물들을 보여드리고 그동안 쌓아온 경험을 설명으로 풀어내니 이내 "한번 믿어볼게요 해봅시다"라고 말씀하셨다.

수리를 마치고 명함을 드리면서 "오늘 저녁 전까지 완성시켜서 메일로 보내드릴게요. 혹시 마음에 안 드시면 비용을 정상적으로 지불할 테니 솔직하게 답변 주셔야 돼요"라고 말했다.

그렇게 열심히 만들어서 저녁 늦게 보냈는데 다음날 아침 일찍 사장님께 전화가 왔다. "저 개인적으로는 만들어주신 영상 정말 마음에 듭니다. 잘 쓸게요"

그저 액정을 무료로 수리를 받아서 기분이 좋은 것이 아니라 내 가치를 제공하고 상대방의 마음도 얻고 결과적으로 돈을 드리지 않고 고쳤기 때문에 기분이 좋았다. 이 경험을 통해 자본주의를 어떤 마음가짐으로 살아가야 되는지 다시 한번 리마인드할 수 있었고 앞으로 또 어떤 가치들을 제공할 수 있을지 곰곰이 생각해보는 시간을 가졌다.

"우리는 지금 그게 무엇이든 가치를 제공했을 때 그만큼의 수익이 따라오는 좋은 시대에 살고 있음을 잊어선 안 된다"

"좋은 씨앗을 주위에 많이 뿌려야 돼"

한때 같이 일을 했던 대표님과의 대화가 문득 떠오를 때가 있다. "도영아. 평소 네가 할 수 있는 선에서 좋은 일들을 자주 해놓으면 그게 나중에 너에게 큰 힘을 가져다줄 거야"

처음엔 무슨 뜻인지 잘 이해가 되지 않았다. 이후 설명을 듣고 메시지가 무엇을 의미하는지 알게 됐는데, "인과응보라고 알지? 죄를 지으면 나중에 그 화살이 모두 자신에게 돌아온다는 뜻이기도 해. 반대로 좋은 일을 많이 하면 언젠가 자신에게 긍정적인 상황으로 선순환이 되어 돌아온다고도 하지. 그러니까 주위에 좋은 씨앗을 많이 뿌려놔"

곰곰이 생각해보니 과거 별 뜻 없이 도움을 줬던 친구에게 내가 누군가의 힘이 필요한 순간 적극적으로 도움을 받았던 일도 있었다. 물론 나중에 돌려받기 위해서 하라는 것은 아니니 오해는 하지 말길.

부를 쌓은 사람들의 특징 중 하나, 모두 그렇진 않겠지만 대부분 본인의 이득만을 취하려고 하는 것이 아니라 작게는 타인에게 크게는 사회적으로 뜻깊은 일을 해나간다는 것이다.

기업인은 더 많은 일자리를 제공하고, 건물주는 세를 올리지 않고 유지하거나 낮추고, 대표는 어려운 이웃을 위해 기부를 하고 등 부자 혹은 유명인이라 불리는 이들은 다들 이미 좋은 씨앗을 뿌리고 있었다.

지금 당장 가진 것이 없는데 너무 비현실적인 말만 하는 것이 아니냐고 말할 수 있다. 여기서 전하고자 하는 메시지는 바로 '나눌 수 있는 마음'을 뜻한다. 부를 이루기 위해 꼭 갖춰야 하는 부분이라고 알면 이해하기 편할 것.

당장 해볼 수 있는 일은 매번 얻어먹지 말고 한 번쯤은 내가 사랑하는 사람에게 맛있는 밥 한 끼를 살 수도, 함께 사용하는 공간을 누가 시키지 않았는데 청소를 할 수도, 동료에게 전하는 따뜻한 말 한마디, 거리에 버려져있는 쓰레기를 줍는 일 등 작게 할 수 있는 일들이 정말 많다.

스스로에게 복을 가져다줄 "평소 좋은 씨앗을 뿌리는 일"을 조금씩 실천해보자.

글을 마무리하며

　여행에세이 '나도 몰랐어, 내가 해낼 줄(2020)'과 일상에세이 '평범한 일상, 그리고 따듯함(2021)'은 책을 내야겠다는 생각이 강하게 들어 출간을 했었다. 그래서인지 힘이 많이 들어갔다는 느낌을 받기도 했는데 이번 '누구나 겪었을 20대 끝자락에 서서'는 내려는 의도 없이 쓰다 보니 날 것 그대로의 글이 아닐까 싶다.

　유독 올해 다양한 연령층의 사람들을 만날 기회가 많이 있었는데, 대화를 나누면 공통적으로 하는 이야기가 '사는 게 쉽지 않다'라는 말이었다. 각자 저마다의 고민을 갖고 있었고 자신보다 세월을 오래 산 이에게 조언을 구하기 일쑤였다. 아마 시행착오를 최대한 줄이고 지금보다 더 잘 살아가고 싶은 마음이 크기 때문이지 않을까?

　그러다 문득, 나도 아직 젊은층에 속하고 부족한 것이 많지만 그래도 20대를 먼저 겪어본 사람으로서 해줄 수 있는 메시지가 있지 않을까? 생각했다. 그렇게 하나둘씩 꾸준히 쓰다 보니 책을 낼 정도의 분량이 완성됐다.

나의 글이 대단하거나 거창하다고 표현하고 싶지 않고 그렇지 않은 게 사실이다. 다만 한 번쯤은 자신에 대해 되돌아볼 수 있는, 생각을 떠올리고 정리할 수 있게 만들어주는 글로 다가갔길 바란다.

쉽게 잊혀도 괜찮으니 편안하게 읽을 수 있는 그런 글.

20대 끝자락에 서있거나 이제 맞이할 이에게, 혹은 이미 지나갔지만 과거를 회상하고 싶은 이들에게 책을 읽는 시간 동안 조금이나마 공감과 위로를 줄 수 있었길 소망한다.

예전, 어떤 글귀에 이런 말이 쓰여있었다. "세상에 하고 싶은 말이 많은 사람이 글을 쓴다"라고. 나는 앞으로도 늘 그래왔듯 계속해서 쓸 것이다. '결이 같은 사람과 소통하며 함께 늙어가는 것' 그것이 내가 글을 쓰는 이유다.

다시 되돌아갈 수 없는 삶

후회 없이 살아가세요.

누구나 겪었을 20대 끝자락에 서서

ⓒ 장도영, 2023

초판 1쇄 발행 2023년 6월 3일

지은이   장도영
펴낸이   이기봉
편집   좋은땅 편집팀
펴낸곳   도서출판 좋은땅
주소   서울특별시 마포구 양화로12길 26 지월드빌딩 (서교동 395-7)
전화   02)374-8616~7
팩스   02)374-8614
이메일   gworldbook@naver.com
홈페이지   www.g-world.co.kr

ISBN   979-11-388-2005-9 (03810)

• 가격은 뒤표지에 있습니다.
• 이 책은 저작권법에 의하여 보호를 받는 저작물이므로 무단 전재와 복제를 금합니다.
• 파본은 구입하신 서점에서 교환해 드립니다.